CLAUDIA PIÑEIRO
ELENA SABE

CLAUDIA PIÑEIRO
ELENA SABE

Tradução
Elisa Menezes

MORROBRANCO
EDITORA

Copyright © 2007, por Claudia Piñeiro
Publicado originalmente na Argentina em 2007 pela Alfaguara
Edição brasileira publicada em comum acordo com a autora e Schavelzon
Graham Agencia Literaria www.schavelzongraham.com

Título original: ELENA SABE

Direção editorial: VICTOR GOMES
Coordenação editorial: KARINA MACEDO
Tradução: ELISA MENEZES
Preparação: MARINA CONSTANTINO
Revisão: TOMOE MOROIZUMI
Capa: DANI HASSE
Projeto gráfico e diagramação: MARIANA SOUZA

ESTA É UMA OBRA DE FICÇÃO. NOMES, PERSONAGENS, LUGARES, ORGANIZAÇÕES E
SITUAÇÕES SÃO PRODUTOS DA IMAGINAÇÃO DO AUTOR OU USADOS COMO FICÇÃO.
QUALQUER SEMELHANÇA COM FATOS REAIS É MERA COINCIDÊNCIA.

TODOS OS DIREITOS RESERVADOS. PROIBIDA A REPRODUÇÃO, NO TODO OU EM PARTES,
ATRAVÉS DE QUAISQUER MEIOS. OS DIREITOS MORAIS DO AUTOR FORAM CONTEMPLADOS.

DADOS INTERNACIONAIS DE CATALOGAÇÃO NA PUBLICAÇÃO (CIP)

P649e Piñeiro, Claudia
Elena sabe / Claudia Piñeiro ; Tradução: Elisa Menezes – São
Paulo : Morro Branco, 2024.
160p. ; 14 x 21 cm.

ISBN: 978-65-6099-006-7

1. Literatura argentina. 2. Ficção contemporânea. I.
Menezes, Elisa. II. Título.
CDD Ar860

TODOS OS DIREITOS DESTA EDIÇÃO RESERVADOS À:
EDITORA MORRO BRANCO
Alameda Santos, 2223, 7º andar
01419-912 – São Paulo, SP – Brasil
Telefone (11) 3373-8168
www.editoramorrobranco.com.br

Impresso no Brasil
2025

Para minha mãe

Agora conhecia de fato, disse, aquela que, enquanto viveu ao seu lado, havia sem sombra de dúvida amado, mas nunca conhecido. O ser humano só era capaz de estar com outro ser quando este tinha morrido e se encontrava verdadeiramente dentro dele.
Thomas Bernhard, *Perturbação*

Uma construção de cimento nada mais é que um castelo de cartas. Basta que chegue a rajada de vento certa.
Thomas Bernhard, *Tinieblas*

I

MANHÃ
(SEGUNDO COMPRIMIDO)

1

Trata-se de levantar o pé direito, apenas alguns centímetros do chão, movê-lo no ar para a frente, o suficiente para que ultrapasse o pé esquerdo, e a essa distância, seja ela qual for, grande ou pequena, fazê-lo descer. Apenas isso, pensa Elena. Mas ela pensa, e ainda que seu cérebro ordene o movimento, o pé direito não se move. Não se ergue. Não avança no ar. Não desce novamente. Não se move, não se ergue, não avança no ar, não desce novamente. É só isso. Mas ele não faz. Então Elena se senta e espera. Na cozinha de casa. Precisa pegar o trem que parte para a capital às dez da manhã; o seguinte, o das onze, já não lhe serve porque ela tomou o comprimido às nove, então pensa, e sabe, que precisa pegar o das dez, assim que a medicação fizer com que o seu corpo cumpra a ordem do seu cérebro. Em breve. O das onze não, porque a essa hora o efeito da medicação terá diminuído até desaparecer, e ela ficará como agora, mas sem esperança de que a levodopa aja. Levodopa é como se chama aquilo que precisa circular pelo seu corpo uma vez que o comprimido se dissolva; conhece o nome há algum tempo. Levodopa. Foi o que lhe disseram, e ela mesma o anotou em um papel porque sabia que não entenderia a letra do médico. Que a levodopa circule pelo seu corpo, ela sabe. É o que espera, sentada, na cozinha de casa. Esperar é tudo o que pode fazer por ora. Conta as ruas no ar. Recita de memória os nomes das ruas. De trás para frente e de frente para trás. Lupo, Moreno, Veinticinco de Mayo, Mitre, Roca. Roca, Mitre, Veinticinco de Mayo, Moreno, Lupo. Levodopa. Só cinco quarteirões a separam da estação, não é tanto, pensa, e recita, e continua esperando. Cinco. Ruas que ainda não pode percorrer com seus passos esforçados embora possa repetir seus nomes em silêncio. Hoje não quer encontrar ninguém. Ninguém que lhe pergunte por sua saúde nem que lhe dê os pêsames tardios pela morte de sua filha. Todo dia aparece alguma pessoa que não pôde velá-la ou estar no enterro. Ou não teve coragem. Ou não quis. Quando alguém morre como Rita morreu, todos se sentem convidados ao funeral. Por isso dez não é uma boa hora, pensa, porque para chegar à estação tem de passar em frente ao banco e hoje pagam-se as aposentadorias, então é muito provável que cruze com algum vizinho. Com vários deles. Embora o banco só abra às dez, quando seu trem estará entrando na estação e ela, com o bilhete em mãos, estará se aproximando da beira da plataforma para pegá-lo, antes disso, Elena sabe, vai encontrar aposentados fazendo fila como se tivessem medo de que o dinheiro só desse para pagar àqueles que chegam primeiro. Só poderia evitar a frente do banco dando uma volta no quarteirão algo que seu Parkinson não perdoaria. Esse é o nome. Elena sabe há algum tempo que já não é ela quem manda em algumas partes de seu corpo, os pés por exemplo. Ele manda. Ou ela. E se pergunta se deveria se referir ao Parkinson como ele ou ela, porque, embora o nome próprio lhe soe masculino, não deixa de ser uma doença, e uma doença é feminina. Assim como uma desgraça. Ou uma sentença. Então decide que vai chamá-lo de Ela, porque quando pensa nela, pensa "que doença filha da puta". E filha da puta é ela, não ele. Com o perdão da palavra, diz. Ela. O doutor Benegas lhe explicou várias vezes, mas Elena ainda não entendeu completamente; ela entende o que tem porque o carrega no corpo, mas não algumas das palavras usadas pelo médico. Na primeira vez, Rita estava presente. Rita, que hoje está morta. Ele lhes disse que o Parkinson é uma degeneração das células do sistema nervoso. E as duas não gostaram da palavra. Degeneração. Tanto ela quanto sua filha. O doutor Benegas certamente percebeu, porque em seguida tentou explicar. E disse, uma doença do sistema nervoso central que degenera, ou faz mutar, ou altera, ou modifica de tal maneira algumas células nervosas que elas param de produzir dopamina. E Elena então aprendeu que, quando seu cérebro ordena um movimento, a ordem só consegue chegar aos pés se for levada pela dopamina. Como um chasque, pensou naquele dia. Então o Parkinson é Ela, e a dopamina, o chasque. E o cérebro, nada, pensa, porque seus pés não o escutam. Como um rei deposto que não se dá conta de que não governa mais. Como o imperador sem roupa da história que contava para Rita quando ela era pequena. Rei deposto, imperador sem roupa. E agora há Ela, não Elena, mas sim sua doença, o chasque e o rei deposto. Elena repete seus nomes como antes repetiu os das ruas que a separam da estação; esses nomes compartilham sua espera. De trás para frente e de frente para trás. Não gosta de imperador sem roupa porque, se não está vestido, está nu. Prefere rei deposto. Espera, repete, combina em pares: Ela e o chasque, o chasque e o rei, o rei e Ela. Tenta outra vez, mas os pés continuam alheios, nem sequer desobedientes, surdos. Pés surdos. Elena adoraria gritar, pés mexam-se de uma vez por todas, até cacete ela gritaria, mexam-se de uma vez por todas, cacete, mas sabe que seria em vão, porque os pés também não escutariam sua voz. Por isso não grita, espera. Repete palavras. Ruas, reis, ruas de novo. Inclui palavras novas em sua reza: dopamina, levodopa. Intui que a dopa de dopamina e a dopa de levodopa devem ser a mesma coisa, mas só intui, não tem certeza, repete, joga, deixa a língua travar, espera, e não se importa, a única coisa que lhe importa é que o tempo passe, que aquele comprimido se dissolva, circule pelo seu corpo até os pés, e que estes entendam, por fim, que precisam funcionar.

Está nervosa, o que não é bom, porque quando fica nervosa o remédio demora mais para agir. Mas não pode evitar. Hoje ela vai jogar a última carta para tentar descobrir quem matou sua filha, falar com a única pessoa no mundo que acredita poder convencer a ajudá-la. Em troca de uma dívida longínqua no tempo, quase esquecida. Vai tentar cobrar essa dívida, apesar de que Rita, se estivesse aqui, não concordaria, a vida não é um escambo, mamãe, tem coisas que a gente simplesmente faz, porque Deus manda. Não vai ser fácil, mas vai tentar. Isabel é o nome da mulher por quem procura. Não tem certeza se irá se lembrar dela. Acha que não. De Rita, sim, todo fim de ano lhe manda um cartão-postal. Talvez não saiba de sua morte.

Se ninguém lhe contou, se não leu o único anúncio fúnebre colocado apenas dois dias depois do enterro em nome do colégio paroquial onde Rita trabalhava, a direção e o corpo docente, alunos e pais acompanham Elena neste momento tão, se não a encontrar até o final do dia, certamente essa mulher que Elena hoje procura enviará em dezembro um cartão-postal endereçado a um morto, desejando-lhe feliz Natal e um próspero Ano-Novo. De Rita ela se lembra, mas dela, de Elena, Elena pensa, certamente não. E mesmo que lembrasse não a reconheceria, dobrada assim, com esse corpo velho que não corresponde aos anos que tem. Será sua tarefa, vai explicar quem é e por que está ali, em frente a ela, quando a enfrentar. Vai contar sobre Rita. E sobre sua morte. Nem que seja o quão pouco entende de tudo o que lhe contaram. Elena sabe onde encontrar Isabel, mas não como chegar. Lá onde ela mesma a levou vinte anos atrás, seguindo Rita. Se a sorte estiver do seu lado, se Isabel não se mudou, se não morreu como morreu sua filha, lá ela a encontrará, em uma casa antiga em Belgrano, com uma pesada porta de madeira com ferragens de bronze, bem ao lado de uns consultórios médicos. Não se lembra do nome da rua, se ao menos se lembrasse da pergunta que a filha lhe fez à época, você já ouviu falar de uma rua chamada Soldado de la Independencia, mamãe?, então saberia. Em breve saberá, porque lembra, isso sim, que fica a um ou dois quarteirões da avenida que margeia Buenos Aires de Retiro até a General Paz, perto de uma pracinha, e dos trilhos de um trem. Não viram o trem, mas ouviram-no, e Rita perguntou, que ramal é esse?, mas Isabel não respondeu, porque estava chorando. Para saber como refazer a viagem, desta segunda vez, quase vinte anos depois, Elena foi à *remisería*[1] que fica na esquina de sua casa, aquela que abriram alguns anos atrás no lugar onde antes fora a padaria em que Elena comprou o pão de cada dia para a família desde que chegou ao bairro, recém-casada, até que o pão desapareceu e apareceram os carros de aluguel. O motorista não sabia, sou novo, desculpou-se e perguntou ao dono. Repetiu as palavras de Elena, disse, a avenida que margeia Buenos Aires, de Retiro até a General Paz, perto de uma linha de trem, e o dono lhe respondeu, Libertador, e Elena disse que sim, que se chamava Libertador, agora que ele falou ela se lembra, e que precisava ir até Belgrano, até uma pracinha. Olleros, disse outro motorista que acabava de chegar de uma viagem, disso eu já não tenho certeza, disse Elena, Olleros, repetiu o homem com convicção, mas ela não se lembrava do nome da rua, e sim da porta de madeira, e das ferragens de bronze, de Isabel, e de seu marido, pouco de seu marido. Levamos a senhora?, perguntaram e Elena disse que não, que era muita viagem, muito gasto, que iria de trem e, de qualquer forma, se não aguentasse mais e seu corpo não estivesse disposto a ir de metrô, pegaria um táxi em Constitución, fazemos um desconto, propôs o dono, não, obrigada, respondeu ela, podemos fazer fiado, insistiu, de trem, disse Elena, não gosto de dívidas, e não deu abertura a mais insistências, nenhum

---

[1] Muito comum na Argentina, sobretudo em cidades pequenas, o *remís* é um serviço de transporte particular. Diferentemente dos táxis, a viagem deve ser agendada previamente pelo cliente na *remisería*, sendo o valor calculado de acordo com o trajeto. [N. T.]

metrô vai deixá-la perto, senhora, o de Carranza, mas de lá são uns dez quarteirões, disseram-lhe, se for pegar um táxi, cuidado para não enrolarem a senhora, diga ao taxista para ir direto pela Nueve de Julio até a Libertador e de lá outra vez direto até a Olleros, bem, não, corrigiu o motorista que sabia, porque a Libertador vira Figueroa Alcorta, antes de chegar ao Planetário precisa dizer para dobrar à esquerda, até o Monumento dos Espanhóis, e pegar de novo a Libertador, ou no Hipódromo de Palermo, explicou o dono, mas não deixe darem voltas com a senhora, tem certeza de que não quer que a levemos? Elena foi embora sem responder, porque já respondera à mesma pergunta antes e para ela tudo era difícil demais para ainda ter de responder a mesma coisa duas vezes.

Constitución, Nueve de Julio, Libertador, Figueroa Alcorta, Planetário, Monumento dos Espanhóis, Libertador, Olleros, uma porta de madeira, ferragens de bronze, uma porta, Olleros, Libertador, Nueve de Julio, Constitución. De trás para frente, de frente para trás. Não lembra em que lugar da reza deve enfiar o Hipódromo. Espera, pensa, conta de novo as ruas. As cinco que a separam da estação e as outras, as que não conhece, ou de que não se lembra, aquelas para onde está indo cobrar uma dívida na qual acredita por necessidade. Rei sem coroa. Ela. De onde está, sentada, tenta levantar o pé direito no ar, e o pé agora está ciente e se levanta. Então está pronta, sabe. Apoia a palma de cada mão nas coxas, junta os pés para que as pernas fiquem num ângulo de noventa graus em relação aos joelhos, depois cruza a mão direita no ombro esquerdo e a mão esquerda no ombro direito, começa a se balançar na cadeira e, com o impulso, se levanta. É assim que o doutor Benegas a faz levantar quando a examina, e ela sabe que é mais difícil desse jeito, mas tenta sempre que pode, pratica, porque quer estar treinada na próxima consulta. Quer impressionar o doutor Benegas, mostrar a ele que consegue, apesar das coisas que ele disse na última vez que a viu, quinze dias antes de Rita aparecer morta. De pé em frente à cadeira que acaba de deixar, ela levanta o pé direito, ergue-o no ar, apenas alguns centímetros, move-o para a frente até ultrapassar o pé esquerdo, o suficiente para que esse movimento signifique um passo, então ela o desce-o, e agora é a vez de o pé esquerdo fazer o mesmo, exatamente igual. Erguer-se. Avançar no ar. Descer. Erguer-se, avançar no ar, descer.

Trata-se disso. Apenas isso. Andar, para chegar a tempo de pegar o trem das dez.

2

Rita morreu em uma tarde em que ameaçava chover. Na prateleira de seu quarto havia um lobo-marinho de vidro que ficava rosa-arroxeado quando a umidade relativa do ar se aproximava de cem e então não restava alternativa senão água precipitada. Essa era a cor do dia de sua morte. Ela o tinha comprado em um verão em Mar del Plata. Elena e Rita haviam saído de férias como em todos os anos pares. Veraneavam todos os anos pares até que a doença de Elena transformou seus movimentos em tentativas indignas. Nos ímpares ficavam em casa e usavam as economias para pintar ou fazer consertos inadiáveis, como arrumar um cano quebrado, cavar uma fossa nova quando o detergente tinha matado todos os vermes que arejavam as paredes de terra da antiga, trocar o colchão vencido. No último ano ímpar precisaram trocar quase metade dos ladrilhos do quintal dos fundos que foram levantados pelas raízes de uma árvore que nem era delas, um paraíso vindo do outro lado do muro que se enfiava sub-reptícia e subterraneamente dentro de sua casa. Alugaram um apartamento de dois cômodos na rua Colón, um quarteirão antes de a avenida começar a subir a colina que depois cai no mar. Rita dormia no quarto e Elena na sala, você acorda tão cedo, mamãe, melhor ficar perto da cozinha para não incomodar. Como em todos os anos pares, Rita circulara no jornal os anúncios de classificados que ofereciam apartamentos dentro de seu orçamento, para depois escolher aqueles cujos proprietários moravam mais perto de sua casa e assim não ter que ir pagar e buscar a chave longe demais, se no final são todos mais ou menos iguais, um prato a mais ou um prato a menos, ou o estofado das poltronas, não vão mudar as nossas férias. Foram juntas fechar o negócio. Embora fossem alugá-lo de qualquer forma, pediram fotos e os proprietários as mostraram, fotos que se revelaram bem pouco fiéis à realidade, nas quais a sujeira não aparecia. Mas isso também não foi um problema, porque Elena gostava de esfregar quando seu corpo ainda conseguia, isso a acalmava e até diminuía milagrosamente suas dores nas costas. Em uma tarde o apartamento ficou igual só que limpo. Não iam à praia. Gente demais, calor demais. Rita não gostava de carregar o guarda-sol, e Elena não se aventurava na areia se não tivesse garantia de sombra. Mas mudavam de ares, e isso era bom. Dormiam um pouco mais, comiam *medialunas* fresquinhas no café da manhã, preparavam pratos com muito peixe fresco e todas as tardes, quando o sol se escondia atrás dos edifícios residenciais, saíam para caminhar na orla. Caminhavam do sul ao norte pelo calçadão da praia e voltavam do norte ao sul pela calçada que margeava a avenida. Discutiam. Sempre, todas as tardes. Por qualquer coisa. O importante não era o tema, mas aquela forma escolhida de se comunicar pela briga, uma briga que disfarçava outra disputa, a que se movia oculta e à vontade dentro delas, e que se sobrepunha a qualquer assunto em questão. Discutiam como se cada palavra lançada fosse um chicote, primeiro uma batia, depois a outra. Chicotada após chicotada. Queimavam o corpo da rival com palavras, como se fossem couro em movimento. Nenhuma admitia a dor, limitavam-se apenas a bater. Até que uma das duas, geralmente Rita, abandonava a luta, mais por medo das próprias palavras do que de qualquer dor sentida ou provocada, e acabava andando dois metros à frente da outra, resmungando.

Viu o lobo-marinho de vidro no primeiro dia daquelas férias, em uma loja que vendia colares de conchas, cinzeiros no formato do Torreón del Monje, porta-joias com conchinhas incrustadas na tentativa de algum desenho, saca-rolhas cuja mola ereta ocupava um lugar na anatomia de um menino, um padre, ou um *gaucho* que nenhuma das duas se atrevia a olhar, e outras lembrancinhas semelhantes. Rita parou em frente à vitrine e, batendo no vidro com a unha recém-lixada do indicador, disse a Elena, antes de irmos vou comprá-lo. Lobinho do tempo: azul sol, rosa chuva, dizia o cartaz escrito à mão, com caneta azul em letra de fôrma maiúscula, que tinham colado na vitrine. Elena foi contra, não gaste o seu dinheiro tão suado com bobagens, eu vou gastar me dando um agrado, mamãe, agrado atrofiado, não vamos falar de atrofias, certo, de atrofiado já basta o seu amigo do banco, pelo menos eu tenho um homem que me ama, se isso te faz feliz, filha, difícil ser feliz ao seu lado, mamãe, lançou Rita pensando que fosse a chicotada final e deixou-a para trás, avançando dois metros com passos exagerados. Da retaguarda, Elena seguiu o caminho traçado por sua filha mantendo a distância estabelecida e apenas alguns passos depois lançou seu chicote novamente, com esse temperamento estragado você nunca será feliz, quem herda não rouba, mamãe, será, retrucou Elena, e não falaram mais. Na altura do Hotel Provincial deram a volta e foram para o sul. Repetiram a mesma rotina nos demais dias. A caminhada, as chicotadas, a distância e finalmente o silêncio. Mudavam as palavras, o motivo da briga, mas o canto, o tom, a rotina, eram sempre os mesmos. Não voltaram a mencionar o lobo, se bem que uma tarde, ao passarem em frente à loja das lembranças e conchas, Elena riu e disse, por que você não leva o saca-rolhas do padre para o Padre Juan?, sua filha não achou graça, que mente suja você tem, mamãe.

Antes de terminar a quinzena, tal como havia sentenciado, Rita comprou o lobinho do tempo. Pagou em dinheiro. Tinha um cartão de débito que recebera do colégio quando a contrataram oficialmente e passaram a depositar o salário em uma conta-poupança, mas nunca carregava o cartão com medo de que fosse roubado. Pediu que o embalassem com bastante papel para que não quebrasse. Em vez de papel, usaram aquele plástico cheio de bolhas que Rita se dedicou a estourar uma por uma. E no ônibus o lobo viajou em um local privilegiado, no colo dela.

Elena ainda o guarda, assim como guarda cada coisa que foi de Rita. Enfiou tudo em uma caixa de papelão que um vizinho lhe deu; a caixa de uma televisão de 29 polegadas. O vizinho a colocara do lado de fora para que fosse levada com o lixo e Elena a pediu. Para guardar as coisas de Rita, disse ela, e ele a entregou sem dizer mais nada, mas como se estivesse dando-lhe os pêsames. Até a ajudou a levá-la para casa. Elena enfiou tudo lá dentro. Tudo menos a roupa; a roupa não conseguiu, guardava seu cheiro, o cheiro de sua filha. A roupa sempre guarda o cheiro que o morto teve em vida, Elena sabe, ainda que seja lavada mil vezes com diferentes sabões, um cheiro que não corresponde a um perfume específico, nem a um desodorante, nem ao sabão branco com que era lavada quando ainda existia quem a sujasse. Um cheiro que não é o da casa nem o da família porque a roupa de Elena não cheira do mesmo jeito. Cheiro de morto quando estava vivo. Cheiro de Rita. Não suportaria senti-lo e que por trás desse cheiro sua filha não surgisse. Aconteceu o mesmo com a roupa de seu marido, mas na época não sabia o quanto esse cheiro poderia ser mais doloroso quando o morto era um filho. Então, a roupa não. Tampouco quis doá-la à igreja e que um dia aparecesse o pulôver verde de Rita dobrando a esquina e protegendo outro corpo. Queimou a roupa em uma pilha que organizou no quintal dos fundos. Precisou de quatro fósforos para o fogo pegar. O primeiro a queimar foram umas meias de nylon, que desapareceram derretidas, convertidas pelo calor em lava sintética, depois pouco a pouco tudo foi queimando; em meio às cinzas apareceram os arames de um sutiã, alguns botões de pressão macho e fêmea, fechos-ecleres. Meteu a maçaroca em um saco de lixo e o colocou na rua para que o lixeiro levasse. A roupa não foi para a caixa dada pelo vizinho. Mas sim os sapatos, um par de luvas de lã que não foram usadas nem cheiravam a nada, fotos antigas, seu caderninho de telefones, os documentos, todos menos a identidade, que teve que entregar à empresa de serviços funerários para que providenciasse seu enterro, sua agenda, os cartões do banco, o tricô pela metade, a foto do jornal local em que aparece no pátio do colégio paroquial com todo o corpo docente no dia em que inauguraram as salas de aula do secundário, a Bíblia com dedicatória dada pelo Padre Juan, que a palavra de Deus te acompanhe tanto quanto seu pai me acompanhou, os óculos de leitura, os comprimidos para a tireoide, um santinho de Santo Expedito que a secretária do colégio lhe dera de presente quando a aposentadoria de Elena estava demorando para sair, o recorte de jornal do dia que a filha de Isabel nasceu. Isabel e Marcos Mansilla têm o prazer de comunicar o nascimento de sua filha María Julieta, na cidade de Buenos Aires, aos vinte dias do mês de março de 1982. Um anúncio recortado à mão, respeitando as bordas tanto quanto o punho permitiu. O fichário com os cartões que os Mansilla mandavam todo Natal. A caixa de bombons em forma de coração dada pelo amigo do banco e que, vazia de chocolates, guardava forminhas inúteis e um maço de cartas, mal dobradas e atadas com uma fita de cetim cor-de-rosa, as quais Elena não se atreve a ler não por respeito à intimidade da filha, mas por ela mesma, para não descobrir a esta altura detalhes de uma história que nunca quis conhecer. Pode ser que para algumas mães ler as cartas de amor do namorado da filha seja, ainda que proibido, um assunto prazeroso, Elena pensa, confirmar que a filha tornou-se mulher, que é desejada, que caminha para cumprir seu dever com a espécie, nascer, crescer, reproduzir-se e morrer, que continua no mundo o legado que ela deixou. Elena olha para o maço de cartas e se pergunta de onde vem essa palavra, legado. Legado. Não era o caso, Rita já não era uma jovem que encontrou seu pretendente nem Roberto Almada esteve, mesmo anos atrás, à altura da tarefa. Eram dois desenganados, dois perdedores do amor, ou nem isso, duas pessoas que nunca jogaram, que se contentaram em assistir da arquibancada. E, para Elena, teria sido mais digno se sua filha tivesse se abstido de jogar àquela altura. Mas ela jogou, com uma idade em que Elena já havia se tornado viúva. Desconfia que foi pouco, não mais do que alguns beijos e amassos desajeitados, apalpadelas na praça quando o sol desaparecia atrás do monumento à bandeira, ou na casa de Roberto antes que a mãe dele chegasse do salão. Seja como for, prefere não saber, muito menos ler as cartas, teme mais as palavras que Roberto escreveu em resposta às da filha do que o que eles fizeram. Por isso não desatou a fita de cetim, não deixou que o laço e o nó se desfizessem e libertassem aqueles papéis cheios de palavras, mal tocou nelas ao colocá-las de volta na caixa de bombons que depositou naquela outra caixa que o vizinho lhe deu, junto com tudo o que restou de sua filha depois que o fogo levou embora o que cheirava a ela.

Tudo menos o lobinho. O lobinho do tempo ela colocou em cima do móvel da sala de jantar, entre o rádio e o telefone, mas alguns centímetros à frente. Uma distância proporcional à que Rita e Elena mantinham após cada briga. Em um lugar de destaque. Para vê-lo todos os dias, para nunca se esquecer de que naquela tarde, aquela em que Rita morreu, ameaçava chover.

3

Elena avança rumo à estação. São só cinco quarteirões. Isso é o que a espera. O que há pela frente. Agora, o imediato. Andar cinco quarteirões para depois procurar com o canto do olho o guichê aberto da bilheteria, dizer ida e volta para Plaza Constitución, abrir o moedeiro, pegar as moedas que separou na noite anterior com o valor exato do bilhete, estender a mão, deixar que o bilheteiro retire as moedas e coloque o bilhete nela, apertar com força esse papel que a permite viajar para que não caia, enfiá--lo no bolso do casaco e, uma vez segura de que não o perderá, descer a escada junto ao corrimão, se possível do lado direito porque esse é o braço que melhor responde ao que seu cérebro pede, descer todos os degraus, virar à esquerda, atravessar o túnel, ignorar o cheiro de urina que impregna as paredes, o teto e o chão sobre o qual Elena arrastará seus passos, o mesmo cheiro acre do dia que atravessou o túnel pela primeira vez quando ainda não precisava de nenhum comprimido que a ajudasse a andar, quando não sabia nada de reis depostos nem de chasques, de mãos dadas com Rita quando criança ou dois metros atrás dela quando deixou de sê-lo, sempre esse cheiro de urina que só de pensar queima seu nariz, a boca sempre fechada e apertada para não o engolir, e, sem deixar de apertar a boca, desviar da mulher que vende alho e pimentão, do garoto que vende CDS piratas que ela não teria onde ouvir, da garota que vende chaveiros com luzes coloridas e despertadores que tocam quando passa ou do homem das pernas cortadas que estende a mão por moedas como ela terá estendido a própria alguns minutos antes pelo bilhete de trem, virar outra vez à esquerda, subir a mesma quantidade de degraus que desceu antes e aí sim, finalmente, chegar à plataforma. Mas tudo isso, Elena sabe, só acontecerá quando conseguir deixar para trás esses cinco quarteirões que ainda não percorreu. Mal terminou de caminhar o primeiro. Alguém a cumprimenta. Seu pescoço rígido que a obriga a andar fitando o chão não a deixa ver quem é. Esternocleidomastóideo se chama o músculo que a obriga. Aquele que puxa sua cabeça para baixo. Esternocleidomastóideo, disse o doutor Benegas, e Elena pediu que ele lhe escrevesse, em letra de forma maiúscula, doutor, senão não vou entender, para nunca esquecer, para saber o nome do carrasco mesmo que ele use capuz e incluí-lo na reza de sua oração de espera. Aquele que a cumprimentou segue seu caminho e embora ela espie pelo canto do olho não reconhece as costas que se afastam no sentido contrário, mas mesmo assim diz, bom dia, porque quem a cumprimentou disse, bom dia, Elena, e se sabe seu nome merece ser cumprimentado. Na primeira esquina espera um carro passar e depois atravessa. Com a cabeça baixa só consegue ver os pneus gastos avançando, passando por ela e depois se afastando. Então desce o meio-fio, anda rápido com passos curtos, raspa o asfalto quente com a sola, sobe o meio-fio do quarteirão seguinte, para por um instante, apenas um instante, e retoma a marcha. Alguns passos adiante os ladrilhos em xadrez preto e branco indicam que está passando em frente à casa da parteira. Rita nunca mais pisou na calçada xadrez desde o dia que descobriu que naquela casa eram feitos abortos. Aborteira, não parteira, mamãe, quem te disse isso?, o Padre Juan, e como ele sabe?, porque o bairro inteiro se confessa com ele, mamãe, como não saberia, e ele não precisa guardar segredo de confissão?, ele não me disse quem fez um aborto, mamãe, mas sim onde, e isso não entra no segredo de confissão?, não, quem te disse que não?, o Padre Juan. Para não a contrariar, Elena também não pisava na calçada xadrez, atravessavam a rua e iam pela calçada contrária, mesmo que depois tivessem de atravessar novamente, como se pisar naquela calçada as contaminasse com alguma coisa, ou as tornasse cúmplices, como se pisar naquela calçada fosse pecado. Mas Rita não está mais aqui, alguém a matou mesmo que todos digam outra coisa, Elena sabe, e apesar do respeito à sua memória, não pode se permitir fazer uma manobra dessas para cumprir o ritual da filha morta. Foi nessa calçada que Rita conheceu Isabel, pensa, a mulher que ela vai procurar esta manhã, pela primeira vez relaciona uma coisa com a outra, e então pisa com força, calma, como se aquele tabuleiro de xadrez que sua filha tantas vezes maldisse tivesse ganhado sentido. Quando o segundo quarteirão acaba, ela hesita. Se seguir em frente, faltarão apenas três quarteirões até chegar ao guichê onde deverá dizer ida e volta para Plaza, mas esse caminho a faria passar em frente à porta do banco onde estão pagando as aposentadorias, então seria provável que encontrasse alguém, que esse alguém quisesse lhe dar os pêsames, que isso a atrasasse além da conta, e então perderia definitivamente o trem das dez. Se desse a volta no quarteirão, teria de acrescentar mais três quarteirões ao percurso, e isso seria pedir demais à sua doença. Elena não gostava de dever favores a Ela. Nem dívidas nem favores. Ela a faria pagar, Elena sabe, porque a conhece quase tão bem quanto conhecia sua filha. Doença filha da puta. No início, quando sua única dificuldade era vestir a manga esquerda do casaco, quando nunca tinha ouvido falar em Madopar ou levodopa e seu andar arrastado ainda não tinha nome, quando seu pescoço não a obrigava a olhar sempre para os próprios sapatos, ela evitava a calçada do banco. Embora na época não houvesse risco de pêsames, fazia isso só para não encontrar Roberto Almada, o amigo de Rita, o filho da cabeleireira, meu namorado, mamãe, não se pode ter namorado na sua idade, e você quer que eu chame ele como?, Roberto, é mais do que suficiente. Mas desta vez ela não tem forças. Quando chega aos ladrilhos cinza, maiores e mais brilhantes que qualquer outro em seu caminho, Elena sabe que está passando pelo banco. Ladrilhos de tráfego intenso, Elena, nacionais mas tão bons quanto os italianos, Roberto gostava de lhe explicar toda vez que surgia o assunto do brilho da calçada do local onde ele trabalhava desde os dezoito anos. A seu lado, com o canto do olho, vê uma fileira de sapatos alinhados em frente à porta, consegue ver quem os calça até a altura dos joelhos. Não vê tênis nem jeans. Apenas mocassins gastos, alpargatas, um chinelo envolvendo um pé enfaixado até o tornozelo. Pés roxos, sulcados de veias, sardentos, manchados, inchados. Só pés velhos, pensa, de velhos que têm medo de o dinheiro acabar. Não olha para eles, teme reconhecer alguma perna e prefere não parar. Quando a fila acaba e se sente a salvo, quando não há mais uma fileira de sapatos à sua esquerda, alguém lhe diz, bom dia, Elena, mas ela continua como se não tivesse ouvido. Então esse alguém acelera o passo pelos ladrilhos, alcança-a e toca em seu ombro. Roberto Almada, aquele a quem Rita insistia em chamar de meu namorado. O atrofiado, como Elena o chamava na frente da filha para provocá-la. Ou o corcundinha, como o chamavam na vizinhança quando era menino. Mas Elena não consegue mais ver a corcunda, com muito esforço mal chega ao peito, e as costas de Roberto se curvam apenas sobre a escápula direita. Oi, dona Elena, ele repete, e o dona crava Elena no meio dos olhos; ela diz, ah, Roberto, não te reconheci, por causa dos sapatos, são novos, não? Ele olha para os sapatos e diz que sim, que são novos. Os dois ficam em silêncio, os sapatos gastos de Elena em frente aos de Roberto. Roberto mexe os pés desconfortável, minha mãe mandou abraços e disse para passar no salão quando quiser, que se ficou satisfeita com a outra vez ela lhe dá de presente um corte e um penteado, e Elena agradece, apesar de saber que a outra vez, a única vez que esteve no salão da mãe de Roberto, foi na tarde em que sua filha morreu, então seus pensamentos estão prestes a ir na direção daquele momento, mas ela os detém, porque não pode se dar a esse luxo agora. Voltar àquela tarde a faria perder o trem, e com muito esforço ela a afugenta para ficar ali, diante de Roberto. A única coisa que precisaria do salão da mãe dele é que alguém tirasse outra vez esse buço que cresce como uma sombra e cortasse suas unhas dos pés. As das mãos ela mesma corta, ou lixa, mas as dos pés não. Faz tempo que não chega lá embaixo, depois da morte de Rita a do dedão começou a espetar a ponta do sapato e tem medo de que acabe quebrando onde não deve ou rachando o couro gasto, o que seria ainda pior. Rita as cortava de quinze em quinze dias, trazia a bacia com água morna, um pedaço de sabão branco para derreter dentro e amolecer os calos e uma toalha limpa, sempre a mesma, aquela que lavava toda vez e guardava com a bacia. Franzia a cara de nojo ao cortá-las, mas cortava, tentando olhar apenas para as unhas escamosas e velhas, estufadas como uma esponja seca, sujas. Colocava o pé de Elena sobre o joelho e cortava. E quando terminava lavava as mãos com detergente puro, uma, duas, três vezes, em algumas ocasiões, com a desculpa de desinfetar a toalha de possíveis fungos, lavava as mãos com alvejante puro, o que farão aqueles não têm uma filha para cortar suas unhas como eu tenho, Rita, devem deixar elas crescerem imundas, mamãe. Já depositei a sua aposentadoria na conta-poupança conforme combinamos, diz Roberto, e Elena agradece de novo e se esquece das unhas. Após a morte de Rita, Roberto se ofereceu para receber a aposentadoria de modo que ela não precisasse ficar em filas em seu estado. Que estado, Roberto?, perguntou Elena, para que você não tenha esse incômodo, e desde quando você se preocupa que eu me incomode?, eu sempre me preocupei com você, Elena, e com a sua doença, não seja injusta, vai à merda, Roberto, disse ela, mas aceitou. Antes quem cuidava da papelada era Rita, que não estava mais lá, e, embora Elena não gostasse daquele homem, ter um amigo dentro do banco não deixava de ter suas vantagens. Se a senhora soubesse o quanto sinto falta da sua filha, ela o ouve dizer, e a frase incomoda Elena tanto quanto ela supõe que a incomodariam as palavras escritas nas cartas que não leu, aquelas que ela guarda na caixa da televisão dada pelo vizinho, atadas com a fita de cetim que Rita escolheu para elas. Sabe que ele não poderia matá-la, não pelo que diz, nem pelo que fez naquele dia, nem pelo que nunca poderia fazer, mas sim porque um deformado como ele não seria páreo para Rita. São muito poucos os que seriam páreo para Rita, e ainda assim a verdade lhe escapa, é difícil deduzir quem poderia ter sido, por isso precisa de ajuda, porque não há acusados, nem mesmo suspeitos, nem motivos, nem hipóteses, apenas a morte. Estou com pressa, vou perder o trem das dez, diz Elena enquanto começa a levantar um pé no ar para seguir em frente, e ele pergunta, tem coragem de viajar sozinha?, vivo sozinha, Roberto, responde ela sem interromper o passo que começou. Logo após um breve silêncio ele diz, vai lá, vai lá. Mas ela já está indo, rumo à estação, esquadrinha os ladrilhos à sua volta com o canto do olho e sabe que Roberto ainda está atrás dela, observando-a, porque seus sapatos continuam lá, parados, duas manchas de couro preto que brilham quase tanto quanto os ladrilhos onde repousam, apontando na direção a que ela vai, sozinha, sem que ninguém a acompanhe, com a unha do dedão espetando a ponta do sapato enquanto percorre o caminho que a levará, dois quarteirões depois, à bilheteria onde pegará o bilhete, o apertará com força na mão fechada até guardá-lo no bolso do casaco, descerá a escada, atravessará o túnel impregnado de cheiro de urina e subirá até a plataforma para esperar, cansada, curvada, o seu trem chegar.

4

Rita apareceu pendurada no campanário da igreja. Morta. Em uma tarde chuvosa, e isso, a chuva, Elena sabe, não é um mero detalhe. Ainda que todos digam que foi suicídio. Amigos ou não, todos. Mas por mais que insistam, ou se calem, ninguém pode refutar que Rita não chegava perto da igreja quando ameaçava chover. Não chegava perto nem morta, sua mãe diria se alguém lhe perguntasse antes daquela ocasião. Mas já não pode dizer nem morta, porque ali estava, aquele corpo sem vida que não era mais sua filha, no campanário em um dia chuvoso, ainda que não pudesse explicar como ele chegou ali. Rita tinha medo de raios, desde criança, e sabia que a cruz em cima da igreja os atraía. É o para-raios da cidade, seu pai lhe ensinara sem saber que aquela única frase faria com que ela nunca mais quisesse passar perto do campanário num dia de tempestade. Quando chovia ela não chegava perto da igreja nem da casa dos Inchauspe, a única do bairro que tinha piscina naquela época. A água é o melhor condutor de eletricidade e as piscinas são como ímãs, ouvira um engenheiro dizer no noticiário no qual comentaram sobre um acidente em um clube do interior em meio a uma tempestade quando um raio matou dois meninos que nadavam desobedecendo à placa de Proibido Nadar. E se ao longo dos anos surgiram mais piscinas no bairro, ou mais para-raios, ela preferiu não saber, porque cada informação desse tipo só servia para paralisá-la. Não pisar na calçada xadrez da parteira, não ir à igreja nos dias de chuva e não chegar perto da casa dos Inchauspe já eram complicações suficientes, não precisava acrescentar outras. Sem contar que Rita tocava a nádega direita quando cruzava com um ruivo, enquanto dizia com o mesmo tom com que rezava o pai-nosso, ruivo é a puta que te pariu, ou tocava o seio esquerdo com a mão direita se alguém mencionasse Liberti, um pobre velho que o bairro considerava agourento por ter estado nos lugares errados nas horas erradas, na frente da casa do Ferrari quando um pinheiro caiu sobre ela e quebrou o telhado, na fila do banco quando roubaram a pensão da viúva do Gande, na esquina em que o doutor Benegas atropelou o caminhão de lixo com seu carro zero--quilômetro, e outras coincidências semelhantes. Melhor não saber, dizia Rita. Quando começou a trabalhar no colégio paroquial, aos dezessete anos, poucas semanas após a morte de seu pai e porque o Padre Juan intercedeu perante a Junta Cooperativa para que, apesar de sua idade, dessem a ela a vaga deixada pelo falecido, Rita aprendeu a inventar desculpas de diversos tipos toda vez que a mandavam cuidar de alguma papelada na paróquia em um dia chuvoso. Trabalhos inadiáveis, dores de estômago ou de cabeça, até falsos desmaios. Qualquer coisa para não ter que se aproximar daquela cruz em um dia de chuva. Sempre foi assim. E Elena acredita, e sabe, que isso não poderia ter mudado de repente nem mesmo no dia de sua morte. Mesmo que ninguém a escute, mesmo que ninguém se importe. Se sua filha apareceu na igreja em um dia de chuva foi porque alguém a arrastou até lá, viva ou morta. Alguém ou alguma coisa, respondeu o inspetor Avellaneda, o policial designado pela delegacia para acompanhar o caso, por que você diz alguma coisa?, inspetor, alguma coisa o quê?, não, não sei, quer dizer, respondeu Avellaneda, se não sabe não diga, ela o repreendeu.

Rita foi encontrada por uns meninos que o Padre Juan encarregara de subir para tocar os sinos e anunciar a missa das sete horas. Desceram aos gritos e correram pela nave principal até a sacristia. O Padre Juan não acreditou neles, saiam daqui, diabos, mas os garotos insistiram e o levaram aos empurrões. O corpo pendia de uma corda, e a corda do mesmo eixo em que o sino de bronze estava pendurado. Uma corda gasta que ninguém sabe explicar como aguentou o peso o tempo necessário para levá-la à morte, esquecida no campanário junto com algumas tábuas de madeira desde a última vez que limparam a cúpula, conforme Elena soube mais tarde lendo o processo. Santo Deus, murmurou o Padre e embora a tenha reconhecido imediatamente não disse seu nome, como não a reconhecer, pegou uma cadeira caída logo abaixo do corpo pendurado e subiu nela para verificar o pulso. Está morta, disse, coisa que os meninos já sabiam porque muitas vezes brincavam de morto, de polícia e ladrão, atirando para matar ou morrer, por isso sabiam que aquela mulher pendurada no sino não estava brincando. O Padre Juan os levou de volta à sacristia pelo mesmo caminho, mas desta vez mandou que fizessem o sinal da cruz e flexionassem levemente os joelhos ao passarem em frente ao sacrário que guardava as hóstias que já tinham sido abençoadas. Vocês esperem aqui, disse a eles, e ligou para a polícia. Pediu ao delegado que viessem depois da missa das sete, as pessoas já estão entrando na igreja e não gostaria de suspender a cerimônia, ainda mais hoje que é a Solenidade de Corpus Christi, o Santíssimo Sacramento da Eucaristia, a quinta-feira após a Santíssima Trindade, em suma, não há nada que possamos fazer por essa mulher a não ser rezar, delegado. O delegado se comprometeu a não atrapalhar o serviço religioso. O morto morto está, Padre, ou melhor dizendo a morta, e será um golpe muito duro para as pessoas, enorme, melhor que elas partam em paz e descubram amanhã, e a família?, o senhor a conhece, Padre?, ela não tem família, delegado, apenas a mãe, é uma mulher doente, não sei como vai aguentar, o senhor não se preocupe, Padre, nós cuidamos disso, a César o que é de César e a Deus o que é de Deus. O delegado desligou e começou os preparativos, o tempo que o Padre Juan estava pedindo não era nada além do que o que ele mesmo precisava para solicitar a viatura, que estava em patrulha, reunir alguns policiais e notificar um juiz. Vocês esperem aqui até eu voltar, nem pensem em sair, disse o Padre Juan aos meninos enquanto vestia a batina correspondente à liturgia, Deus estará de olho em vocês, e por ora nem uma palavra a ninguém, acrescentou, mas não era preciso, porque os dois tinham ficado mudos, afundados no sofá da sacristia.

Não houve sinos para anunciar aquela missa, mas houve missa. Se alguém tivesse prestado atenção e também tivesse boa memória, lembraria que no silêncio da igreja só se ouvia a chuva caindo no pátio da paróquia. Mas ninguém além de Elena prestou atenção na chuva daquela tarde. A memória dos detalhes, Elena sabe, é só para os valentes, e não se escolhe ser covarde ou valente. O Padre disse, em nome do Pai, e todos se levantaram e fizeram o sinal da cruz de costas para o corpo pendurado alguns metros acima, ignorando-o. Havia umas vinte pessoas, com seus guarda-chuvas molhados espalhados pelos bancos onde abundavam lugares vazios. Do altar o Padre Juan podia ver o balcão onde se encontrava o órgão e onde o coro cantava aos domingos. Ao lado do órgão conseguiu ver os primeiros degraus da escada que leva ao campanário. Nunca tinha se dado conta de que podia vê--los do altar. Alimentou o seu povo com a flor do trigo, e com o mel do rochedo o saciou, aleluia. Antes do credo o primeiro policial entrou na igreja. O barulho das dobradiças que sustentavam a porta de madeira fez com que muitos se virassem para ver quem estava entrando àquela hora, tão tarde que a missa já nem valia. Era raro ver um policial na missa das sete e ainda mais de uniforme, mas o agente imediatamente tirou o chapéu molhado, fez o sinal da cruz e se posicionou na última fila como se tivesse vindo ouvir a palavra de Deus. Irmãos: eu recebi do Senhor o que vos transmiti: que o Senhor Jesus, na mesma noite que foi traído e entregue, tomou o pão, e dando graças, partiu-o e disse. Mas depois das oferendas apareceram mais dois policiais e não bastou que tirassem o chapéu molhado e fizessem o sinal da cruz para dissipar suspeitas, embora tenham se dado conta e tentado cobrir com os chapéus a arma de serviço que carregavam na cintura. Um murmúrio cresceu em meio às orações. Várias mulheres se apressaram em pegar a bolsa que tinham deixado no banco da frente e a penduraram no braço, algumas por medo de que a polícia estivesse perseguindo um ladrão dentro da igreja e que esse ladrão em fuga se atravesse a levar sua bolsa também; outras por medo de que um acontecimento iminente, ainda não identificado, as obrigasse a sair correndo de uma hora para a outra; as demais simplesmente porque viram as outras fazendo isso. Examine-se, pois, o homem a si mesmo, e assim coma deste pão e beba deste cálice, porque aquele que come e bebe indignamente, come e bebe sua própria condenação. Quando aqueles em condições de comungar, ou aqueles que apesar de não estar o fizeram, voltavam pelos corredores laterais com a hóstia grudada no céu da boca, foi que se sentiu o impacto, um barulho a princípio ambíguo, difícil de atribuir a uma origem precisa, e depois um baque, seguido de um quique. Todas as cabeças se viraram e olharam para cima, menos a do Padre Juan, que só precisou erguer os olhos. Os três policiais colocaram o chapéu e subiram. Os olhos de todos em vós esperam, e a seu tempo lhes dais o seu sustento, aquele que come a minha carne e bebe o meu sangue permanece em mim, e eu nele. Do altar, enquanto guardava as hóstias que não foram entregues na eucaristia, o Padre Juan viu os três policiais subirem rapidamente os primeiros degraus que levavam ao campanário e desaparecerem um após o outro. As pessoas também estavam olhando, e logo olharam para o Padre pedindo uma explicação. Recebem-no os bons e os maus igualmente, porém com efeitos diversos: os bons para a vida e os maus para a morte. A corda que pendia do eixo dos sinos finalmente cedera, o peso do corpo desfez o nó e Rita, morta, estava esparramada no chão do campanário. Vida aos bons, morte aos maus: quão diversos os efeitos do mesmíssimo alimento! O padre se levantou e foi até o centro do altar para dar a última benção. Vós que viveis e reinais, pelos séculos dos séculos. E elas puderam ir em paz. Peço a todos que saiam e voltem para casa, não há nada que possam fazer aqui, nem por vocês nem por ninguém. Acompanhou os fiéis até a porta, e diante da insistência de alguns teve que dizer, alguém se enforcou pendurando-se nos sinos, mas não disse quem, e quando o último dos presentes saiu o Padre Juan subiu outra vez ao campanário de sua igreja. Além dos três policiais havia um homem de terno, alguém que subira sem que o padre visse, e o senhor quem é?, o juiz interventor, respondeu um dos agentes. O juiz tomava notas, um policial desenhava com giz o contorno do corpo de Rita no chão de cimento, outro tirava fotos, e o terceiro guardava com cuidado a corda que até poucos minutos antes envolvia o pescoço dela em um saco plástico no qual escreveu em uma etiqueta branca e sob o olhar atento do juiz e do padre: evidência número um. Uma das poucas evidências que integraram a causa daquela morte.

5

Sentada no banco da estação, espera. O frio do cimento se infiltra pela saia. Na barraca de cachorro-quente estão esquentando água. Não há muita gente, mais do que ela gostaria mas não o suficiente para que não encontre um lugar quando o trem chegar à estação e ela entrar no vagão. Os trens anteriores, os das sete, os das oito e até os das nove, Elena sabe, teriam sido missões impossíveis, gente demais esperando, gente demais entrando pela mesma porta que ela teria que atravessar, passageiros demais dentro do trem que chega. Mas para essas pessoas o trem das dez já não serve, aqueles que precisam cumprir seu horário de trabalho, aqueles que se levantam toda manhã para ocupar seu posto em um escritório, em uma escola, em um banco. Não serviria nem mesmo para os que trabalham no comércio, porque só chegariam à Constitución por volta das onze da manhã, e a essa hora a cidade aonde vão está cansada de ir e vir. Deixando de lado o universo de todas aquelas pessoas obrigadas a madrugar, as que sobram, as que podem começar o dia mais tarde e dividir aquele trem com Elena, já não são tantas. Um grupo de jovens prestes a deixar a adolescência para trás que riem abraçados às suas pastas, e se empurram de vez em quando para enfatizar a piada que acabam de contar. Dois homens de terno, um em cada ponta da plataforma, os dois lendo o mesmo jornal, talvez a mesma notícia ou a mesma palavra, sem saber. Um casal discutindo pelo preço dos comprimidos que o homem acabou de comprar. O próximo trem com destino à Plaza Constitución chegará às dez zero um na plataforma número dois, cospe uma voz turva que sai dos alto-falantes. Uma mulher e sua filha estão sentadas no banco em que Elena está. Os pés da menininha não tocam o chão, Elena os vê balançando no ar. Sabe que a menina está olhando para ela. Sabe que está se aproximando da mãe e sussurrando alguma coisa em seu ouvido, depois eu te conto, responde a mãe, e a menina volta a balançar as pernas mais rápido do que antes. Elena olha para a frente respeitando a altura a que Ela condena seu olhar; o lixo se acumula sob a plataforma à frente, parte dele desaparecerá com o tempo, Elena sabe, outra sobreviverá a ela, garrafas plásticas, copos de isopor, blocos de cimento quebrados. Alguém passa ao lado de Elena, assobiando. O assobio vai se perdendo aos poucos até ser encoberto por um estouro distante. Os pés de Elena tremem e ela se pergunta se é o chão que está provocando o tremor ou Ela, e embora não tenha a resposta se agarra à beirada do banco quase instintivamente porque sabe muito bem que nada de ruim pode acontecer, que aquela plataforma, aquele banco, aquelas paredes estão cansados de tremer de tempos em tempos sem que nada aconteça, sem que ninguém sequer perceba como Elena percebe. A mulher e a menina se levantam e andam em direção ao final da plataforma. A mãe leva a menina pela mão, a arrasta e lhe diz, depressa, mas os passos da menina empacam porque ela anda para a frente mas olha para trás, para onde Elena tenta se levantar do mesmo banco onde ela esteve brincando com as pernas, o que aquela senhora tem, mamãe?, pergunta, depois eu te conto, diz outra vez a mãe. Vagões passam em frente a Elena sem se separar um do outro, como uma rajada, o barulho de seu peso nos trilhos não a deixa ouvir nada além do choque do metal contra o metal. Até que aos poucos a rajada vai perdendo velocidade, o barulho se acalma e surgem outros sons, as imagens antes confusas pelo movimento se tornam mais nítidas, aparecem as janelas e atrás delas pessoas que viajam como Elena vai viajar assim que conseguir entrar. As portas se abrem e soam como ar descomprimido, os passos de Elena se arrastam apressados para chegar lá antes que as portas se fechem de novo e a deixem de fora. São muitos os que querem entrar, e Elena se cola às costas à sua frente para entrar com ela. Soa um apito, quem está atrás dela a empurra e ela agradece. Já dentro do vagão procura um lugar, qualquer um, o que esteja mais perto, e avança até ele. O vagão começa a balançar, só um pouco, como se a ninasse. O trem parte, e à medida que ganha velocidade perde balanço. Um jovem passa por ela, impaciente, roça o corpo contra o dela, e segue caminho. À sua frente ela vê as pernas de outro homem vindo na direção oposta, para quando a alcançam, com licença, diz o homem na frente dela, e Elena tenta chegar para o lado, mas o espaço que abre é quase imperceptível, por isso ele repete, com licença, senhora, e ela dá licença mas não consegue fazer muito mais do que já fez, então o homem vira de lado, se estica para cima, ergue a mochila e desliza por ela lateralmente. Duas filas adiante consegue ver outra vez o lugar vazio para o qual se dirige, avança na direção dele mas antes de alcançá-lo ele é ocupado por uma mulher de quem só vê a saia, uma saia vermelha e florida que esvoaça com seu movimento e desaparece assim que a mulher se senta. Elena precisa recomeçar, ergue os olhos e olha com a testa enrugada, tenta levantar um pouco mais a cabeça derrotada, quando consegue procura rapidamente outro lugar vazio, fixa-o na memória e depois abaixa a cabeça até onde Ela quer, já sabe que há dois lugares no fundo do vagão, que poderá alcançá-los depois de percorrer o corredor inteiro, levanta o pé direito e avança-o no ar até passar o esquerdo mas antes de descê-lo uma mão bate na sua, senta aqui, senhora, lhe diz um homem cujo rosto ela não vê e ela responde, obrigada, e se senta. O homem que se levantou avança e ocupa o lugar vazio no fundo do vagão. Elena ajeita a bolsa no colo; ao seu lado, no mesmo banco junto à janela, um homem bate com a mão no joelho ao compasso de uma música que só ele ouve, tomara que ele viaje até a última estação e não me obrigue a me mexer para lhe dar passagem, Elena pensa, mas mal acaba de pensar isso e o homem lhe diz, com licença, senhora?, e sem esperar a resposta de Elena ele se levanta naquele pequeno espaço entre o seu banco e o encosto do assento da frente esperando que ela mexa as pernas, que as ponha de lado, que se afaste, que consiga liberar o espaço para que ele possa sair antes que o trem entre na próxima estação, com licença, repete o homem e Elena diz, passa, rapaz, passa, mas não se move.

6

Demoraram a entregar o corpo, mas uma vez concluída a papelada houve velório e enterro como Deus manda. Todos foram ao funeral. O Padre Juan, o corpo docente e discente do colégio paroquial, os vizinhos, uma colega do secundário com quem Rita mantinha contato de vez em quando. Roberto Almada e Mimí, sua mãe, e as garotas que trabalham para ela no salão; em cima da porta de entrada a cabeleireira mandou pendurar um cartaz, "Fechado por luto", que cobriu o de L'Oréal de Paris. A própria Elena escolheu o caixão. E as ferragens. E a coroa de flores com letras douradas que diziam, Sua Mãe. Não há ninguém na família que possa ajudá-la com isso tudo?, perguntou o funcionário da funerária, não há família, respondeu ela. Falou e enquanto falava chorava quase sem querer. Elena sempre foi de chorar pouco, quase nada, mas desde que seu corpo pertence a Ela, àquela doença filha da puta, já não é mais dona nem mesmo de suas lágrimas. Embora não queira chorar, não consegue, e chora, as lágrimas saem do canal lacrimal e rolam pelo rosto rígido como se tivessem que regar um campo estéril. Sem que ninguém as peça, sem que sejam chamadas. Escolheu o caixão da madeira mais barata, não só porque não tinham dinheiro sobrando mas também para que apodrecesse rápido. Elena nunca entendeu por que as pessoas escolhem caixões de madeiras tão nobres que demoram a rebentar embaixo da terra. Se tantos acreditam que do pó viemos e ao pó voltaremos, por que então adiar o retorno. Escolhem um ataúde de madeira de lei para exibi-lo no velório, pensa, que outra razão, se nem o caixão nem o que contém estão destinados a durar, mas sim a apodrecer, que os vermes se encarreguem da madeira e daquele corpo que já não guarda a pessoa que foi, aquele corpo que não pertence a ninguém, incompleto, como um saco vazio, uma vagem sem sementes.

Durante todo o tempo em que a velaram Elena estava lá, sentada em uma cadeira de plástico, junto ao caixão. Que barbaridade o que aconteceu, Elena, alguém lhe disse depois de falar, meus sentimentos, e o que foi que aconteceu?, pergunta ela. Então quem falou se cala porque acha que Elena não quer saber, ou está perdida por causa dos remédios ou do luto. Mas Elena não está perdida. Elena sabe. Espera. Com a cabeça baixa e arrastando os pés, sem ver o caminho nem o que ele traz pela frente. Não se perde, ainda que se confunda.

Mais coroas de flores chegaram ao velório. Elena tentou lê-las, mas com a cabeça baixa e o cansaço àquela hora da noite não conseguiu fazer com que os óculos parassem no lugar. Uma vizinha veio ler para ela. Seus colegas do Instituto Paroquial Sagrado Coração. Doutor Benegas e esposa. Seus vizinhos. Que vizinhos?, perguntou Elena. Quem está lendo hesita, imagino que todos do quarteirão, pelo menos comigo falaram. De um lado uma pequena folha de palmeira com flores brancas e uma faixa que diz, seu amigo para sempre Roberto Almada, uma daquelas folhas destinadas a serem colocadas sob as mãos cruzadas na barriga, simulando que as mãos mortas a seguram, que querem levá-la consigo. Se não tivesse sido enviada por Roberto Almada estaria lá, mas Elena interveio para que ficasse onde o pessoal da floricultura a colocara, num canto, atrás das outras coroas, ideia da mãe dele, suspeitou Elena, por isso diz amigo e não namorado, porque a cabeleireira, assim como eu, se incomoda que essa palavra seja usada para nomear o filho de mais de quarenta anos. Uma folha de palmeira pequena para gastar menos, como não suspeitar se dizem que ela pega uma parte das gorjetas que as clientes dão às garotas do salão.

À noite todos voltaram para suas casas. As almas dos justos estão nas mãos de Deus, e não lhes tocará o tormento da morte eterna, rezou o Padre Juan antes de ir embora, aos olhos dos insensatos pareciam ter morrido e sua morte foi vista como uma desgraça. Elena queria ficar, insensata, vendo a morte. Não queria ir descansar como algum vizinho a aconselhou, volta amanhã, Elena, com a primeira luz dia. Como se a primeira luz do dia fosse algo bom. O que esse homem sabe sobre o que significa para ela a primeira luz do dia. Abrir os olhos mais uma vez. A luz é o anúncio da luta que se avizinha novamente, do momento de tentar se levantar da cama, puxando as cordas até as costas de morta se descolarem do lençol amarrotado, apoiar os dois pés no ladrilho frio, tomar impulso para tentar se levantar, arrastar os pés em direção ao vaso sanitário onde tentará se sentar para urinar, baixar a calcinha, urinar, tentar se levantar, se levantar, arrastar a calcinha desta vez para cima, enrolada, úmida, alisar as pregas, e depois, depois, sempre depois, sempre uma nova tarefa, como se já não bastasse ter de ir ao banheiro quando surge a primeira luz do dia. Toda manhã Elena acorda do sono para lembrar mais uma vez, mais um dia, o que a espera. Se dependesse dela, teria ficado sentada naquela cadeira, naquela casa mortuária onde velava sua filha, vendo a morte, insensata, e fingiria que aquele dia, aquele que estava vivendo, não tinha fim. E que nunca começaria outro. Se dependesse dela. Mas o gerente da funerária insistiu, lhe disse, por uma questão de segurança a casa fica fechada à noite, e quem vela os mortos, então?, perguntou ela, os tempos mudaram, senhora, melhor cuidarmos dos vivos.

Na manhã seguinte bem cedo, após o primeiro comprimido, lá estava ela outra vez. Sozinha nas primeiras duas horas, mas depois das nove vieram os que não tinham comparecido no dia anterior e os que, apesar de terem comparecido, queriam acompanhar a sua filha ao buraco na terra onde seria depositada para sempre. Às dez horas o Padre Juan voltou para rezar o responso. As almas dos justos estão nas mãos de Deus, e não lhes tocará o tormento da morte eterna: aos olhos dos insensatos pareciam ter morrido, mas eles descansam em paz, aleluia, disse, e aleluia disseram todos. De novo os insensatos, pensou Elena, e se perguntou quem seriam aqueles insensatos que o Padre nomeava, se ela, que acreditava que sua filha fora assassinada, se os que diziam aleluia ao lado dela como quem diz qualquer coisa que se peça para repetir, se o Padre Juan que fala de sua filha como uma alma justa embora garanta a quem lhe pergunta que Rita se suicidou, sem dúvida um pecado imperdoável para uma alma cristã que faz parte de seu rebanho. Insensato o doutor Benegas, ou o inspetor Avellaneda, ou os vizinhos. Insensata Rita ou insensata ela. Justa quem? Que Deus tenha a nossa irmã Rita em sua glória, que a leve com Ele para partilhar o seu Reino. Para viver a vida eterna. Elena gostaria de acreditar na glória, e no reino, e naquela vida eterna. Mas assim como não acredita que do pó viemos e ao pó voltaremos, mesmo que seja um padre que o diga, também não pode mentir para si mesma nem poderia mentir para Rita rezando. Pode rezar ruas, de trás para frente e de frente para trás, e levodopa, dopamina, dopa, e rei deposto e Ela, e imperador sem roupa. Tudo isso pode rezar para a frente e para trás quantas vezes for preciso. Mas não pode rezar a oração do Padre Juan porque estaria mentindo. E ainda que não seja sua reza e ainda que a rejeite, e ainda que se recuse a dizê-la, sabe que a carrega dentro de si, assim como carrega Ela. Aquela doença filha da puta. Pela alma de Rita, para que os anjos do céu a acompanhem. Escutai-nos, Senhor. Por todos os mortos, para que sejam chamados a partilhar o Reino sagrado. Escutai-nos, Senhor. Pelos que ficam nesta terra, especialmente por sua mãe Elena, para que possam se separar de Rita e ajudá-la em sua partida com resignação e alegria, com a mesma alegria com que ela passou por esta Terra, que alegria?, pensou Elena, teria sua filha uma alegria diante dos outros que ela ignorava, na frente desse padre que a nomeia, na frente de Roberto Almada, que aquiesce a tudo o que o padre diz? Oremos. Escutai-nos, Senhor. Elena não sabia se o Senhor estava escutando, ela sim escutou, e não sentiu alegria nem a reconheceu em sua filha, fria, dura, saco vazio. Resignação sim, porque sabe que a morte não tem volta, seja o caixão de carvalho ou de madeira balsa, escute alguém as orações ou não exista quem as escute, chore a cidade inteira por sua filha morta ou não chore ninguém por ela, não há volta possível.

Pouco depois de seu segundo comprimido chegou a hora do enterro. Uma vizinha a ajudou a se levantar. O funcionário da funerária fechou a tampa de madeira sobre o rosto inexpressivo de Rita e disse em voz alta, os senhores que quiserem ajudar a carregar o caixão se aproximem por favor, e Elena escutou, os senhores, mas foi assim mesmo, não se deu ao trabalho de perguntar nem de pedir licença, levantou o pé esquerdo, o ergueu no ar e quando o passou na frente do pé direito o abaixou, e repetiu os movimentos novamente, devagar, como conseguia mas com firmeza, na direção da primeira alça de bronze que pendia do lado esquerdo do caixão no qual levariam sua filha para o cemitério, à frente das que o Padre Juan e Roberto Almada carregavam, paralelas às do vizinho que deu a caixa da televisão de 29 polegadas, do doutor Benegas e do dono da *remisería*.

Eles tiveram de esperar que Elena se ajeitasse, que girasse nos calcanhares para ficar de frente para a porta de saída, que endireitasse o corpo o mínimo permitido por Ela, que o alinhasse ao caixão aonde Rita ia, que respirasse fundo e, depois, com a mão direita, a que melhor lhe respondia, agarrasse aquela alça, a primeira da esquerda, a que não pertencia a nenhum senhor, para marchar carregando o caixão com sua filha até aquele lugar que seria o último.

7

Sentada finalmente nesse trem que a leva ao lugar pelo qual procura, Elena observa as árvores passarem correndo através da janela. É hora de descansar, sua única tarefa enquanto passa por essas estações é observar pela janela as árvores perseguindo umas às outras na direção oposta a que ela vai. Silhuetas de árvores e casas que se borram e se mesclam ao ritmo da locomotiva. Como se uma árvore fosse comendo a outra, uma casa a outra, pensa. Elena as observa de esguelha, da única maneira que consegue, com o canto do olho. Aceita a sentença que Ela, sua doença, lhe impôs. Seus olhos ainda são leais, olham o que Elena lhes pede embora tenham perdido a expressão. Mas seu pescoço ficou rígido, duro feito uma pedra, e a subjuga. Mostra quem manda e quem obedece. O corpo de Elena responde a Ela que o obriga a baixar o olhar como se tivesse feito algo errado, como se sentisse vergonha. Além disso faz alguns meses que começou a babar e essa posição encurvada não a ajuda porque a baba não dura muito tempo dentro da boca, você pode tomar cuidado para não babar na mesa onde a gente come, mamãe?, uma baba pesada que mancha o peito da blusa que estiver vestindo, que a deixa sempre suja. Toda manhã Rita lhe dava um lenço recém-lavado e passado para que sua baba não ficasse espalhada por toda a casa. Um lenço como o que carrega hoje na bolsa mas que ela mesma teve de lavar e passar. A tentativa de sua filha foi em vão porque de qualquer forma podia encontrar o lenço babado, embolado, em diferentes partes da casa, em cima da televisão, na mesa da cozinha, ao lado do telefone, exposto como um troféu ou como um lembrete onde quer que Elena o tivesse deixado, sem qualquer intenção de incomodar a filha, mas ainda assim incomodando. Você não tem nojo de nada, mamãe?, de barata, respondia ela. Rita também tentou aturá-la com máscaras cirúrgicas, conseguiu uma caixa de dez a um bom preço e, embora fossem descartáveis, Elena se recusava a jogá-las fora depois de usadas, você não viu o preço delas na farmácia, filha?, e acabava usando ao longo do dia um papel azul-claro amarrotado e úmido sobre a boca, cheio de migalhas e restos indecifráveis do que tinha sido alguma comida. Não sabe se voltará a se sentir limpa, provavelmente não; sua doença não tem cura; paliativos, truques, procedimentos ou elementos que a ajudem a fazer o que já não pode, máscaras, mas não a cura. Continuará doente enquanto estiver viva, e Rita morta. Pelo resto dos dias, dias como esse que tem pela frente e que só terminará quando pegar, sozinha, no fim da tarde, o trem de volta.

    Viaja. Burzaco, Adrogué, Temperley, Lomas, Banfield, Lanús. Lanús, Banfield, Lomas, Temperley, Adrogué, Burzaco. Viaja. Olha com o canto do olho esquerdo. As árvores continuam comendo umas às outras. Depois olha para o corredor com o canto do olho direito, como se tivesse que manter uma simetria de esforço. Porque se Ela a obriga a manter a cabeça baixa, se impõe aquele ato de contrição que o músculo executa, Elena não a contradiz, mas zomba dela, sem rir, sem sequer se sentir orgulhosa do que faz, zomba dela para sobreviver. Baba. Procura o lenço molhado dentro da bolsa, o amassa e o passa novamente na boca. Levanta os olhos e arqueia as sobrancelhas como se estivesse espantada embora não haja espanto, e tenta olhar para a frente levando as pupilas à testa. Os músculos das bochechas e das sobrancelhas doem quando faz isso. Se é que as bochechas são músculos como é o músculo que a puxa para baixo, pensa, porque Elena não sabe ao certo se o que está doendo são músculos. Nunca antes se perguntou que tipo de coisa são as bochechas. Nem seu pescoço. Nem as sobrancelhas. Se são músculos, carne ou pele, pensa, e não sabe o que, mas doem. Algo dói, alguma parte de seu corpo que não estava acostumada a fazer esse movimento. O movimento que Ela, a doença, impõe a ela, Elena, que a obriga a tentar apenas para zombar dela. Porque não há a menor hipótese de se resignar a ficar olhando para o chão de hoje até o dia de sua morte, pensa. Se fosse preciso se deitaria no chão virada para o céu, para o teto até, só para zombar dela, para desobedecê-la, e assim esperaria a morte. A sua. Mais uma zombaria, a última talvez. Mas antes, de agora até que morra virada para o céu, terá de encontrar outras formas de zombaria se não quiser se tornar escrava da filha da puta que manda nela. Cordas que a ajudem a se levantar de diferentes lugares, mais máscaras que contenham sua saliva, colares de espuma que lhe levantem o queixo, colares de plástico duro quando o de espuma não for mais suficiente, adaptadores para o vaso sanitário, mais cordas, remédios que a ajudem a engolir, a não se urinar mais do que já se urina, remédios que ajudem os remédios a fazer efeito, ou que evitem que os remédios lhe perfurem o estômago, mais cordas. Por isso, apesar da dor, faz força com as bochechas e as sobrancelhas para que os olhos, ainda leais, continuem a ver mais do que o chão. No trem nunca olha para a frente, o esforço não serviria para nada além de ver o encosto de corino do banco à sua frente. Depois que o homem que batucava nos joelhos ao compasso de sua música desceu, Elena conseguiu passar para o lado da janela, arrastando-se, e se acomodar novamente puxando o batente. A saia ficou toda amarfanhada embaixo das pernas mas não lhe importa. Sentada ali, junto ao vidro, com a cabeça baixa, seu mundo consiste em mover as pupilas para o lado, isso basta, isso é suficiente para ver as árvores e as casas correrem na direção oposta, borrando-se uma dentro da outra, mesclando suas cores, manchando-se, indefinidas e velozes até que a locomotiva desacelere aos poucos, e então cada imagem saia de onde entrou para ser outra vez aquela determinada por seus limites e o trem pare, finalmente, em alguma estação intermediária, para repetir mais vez sua chegada e sua partida.

Há anos não viaja de trem. A última vez foi quando Rita a convenceu a participar de um grupo de apoio para pacientes de Parkinson que se reuniam uma vez por mês no Hospital das Clínicas. Mas Rita ficou pior do que ela e nunca mais lhe disse para voltar. O lugar não ajudava, sentir-se perdida naqueles corredores que não se sabe para onde vão, as escadas escuras, os elevadores que não sobem nem descem, as pessoas que ainda assim esperam entediadas, as faixas penduradas com reivindicações que Elena não conseguia enxergar e que Rita lia para ela. O cheiro. Cheiro de quê?, se pergunta Elena. Não lembra, não consegue defini-lo. De morte não, o cheiro da morte é outro, agora sabe. Como não soube quando seu marido morreu. Porque a morte de sua filha foi a verdadeira morte. Cheiro de doença talvez. De dor. Cheiro de sentença, pensa. Porque lá viram pela primeira vez o que a esperava. Antes achavam que sabiam, mas naquela tarde viram. Até aquele momento Elena quase não travava ao andar. Como quando alguém começa a andar e hesita. Há tanta gente que quer começar a andar e hesita, pensava Elena. Pensava à época, mas agora sabe. Sabe o que vem a seguir, seu futuro. Conhece sua sentença porque a viu. Antigamente, depois de um tempo, com um pouco de medicação, andava. E então parecia que tudo estava quase normal. Como é normal vestir todos os dias uma jaqueta sem ajuda. Esse foi o primeiro sinal, um dia Elena não conseguiu mais vestir a manga esquerda de sua jaqueta. Quem suspeitaria que fosse tão importante não conseguir vestir uma manga, pensa. Hoje sabe o quanto isso importa. A direita ela consegue. Mas a esquerda, por mais que seu cérebro lhe dissesse para erguer o braço no ar acima do ombro, apontar o cotovelo para a frente, estender o braço para trás com a palma da mão para o teto no buraco da manga e uma vez dentro da jaqueta deslizar seguindo o túnel no tecido para colocá--la de volta em sua posição habitual, o corpo não obedecia. O braço ficava suspenso no ar, o cotovelo para a frente, a mão procurando em vão o buraco para entrar e a manga vazia. Porque Ela, a filha da puta, decidira que aquele braço nunca mais entraria em uma manga. Daí o hábito de Elena de usar capa ou poncho que suas vizinhas criticavam e não entendiam até que a doença se tornou evidente. Mais uma zombaria. Se não se engana, a capa foi a primeira zombaria, pensa. Se o braço nunca mais vai entrar em uma manga no que me resta de vida, então não vai ter manga, decidiu Elena. E embora a criticassem, isso contribuiu para que ninguém soubesse antes da hora. Porque até muito depois a doença foi um segredo entre Rita, Elena e o doutor Benegas; Ela permaneceu escondida como uma amante. Se você tem a sorte de não tremer, lhe dissera Rita, para que sair contando, para ficarem com pena?, se as pessoas não te virem tremer ninguém vai dizer que é Parkinson, quanto mais demorarem a dar um nome, melhor, mamãe. Elena não tremia, nem treme, e naquela reunião no Hospital das Clínicas as duas, ela e Rita, descobriram que longe de ser uma vantagem não tremer aumentava a pena. Coitada, quer dizer que a senhora não treme, dizem que o Parkinson sem tremor é o pior, o que evolui mais rápido, disse a mulher que estava sentada a seu lado e que tremia como vara verde. E as duas, Rita e Elena, ouviram mas não disseram nada. Não falaram com ninguém, nem mesmo entre si. Também não foi necessário confirmar aquilo com o doutor Benegas na consulta seguinte. Elas só olharam naquela tarde. Isso bastou. Olharam para cada uma das pessoas ao redor, as que tremiam e as que não. Elena não se reconhecia em nenhuma delas. Ela não tinha aqueles olhos vazios do homem que contava ao grupo como adaptara seu quarto com cordas e grades para conseguir se levantar sozinho à noite. Nem movia os dedos no ar como se estivesse contando dinheiro ou distribuindo cartas de pôquer invisíveis. Nem babava como a mulher que chorava na primeira fila. Tampouco tremia como a que a tinha chamado de "coitada". Não se viu em nenhum deles naquela tarde, mas soube qual era sua sentença porque viu a Elena que seria.

 Aquela foi a última vez que viajou de trem para Buenos Aires, pensa. À época não precisava olhar com o canto do olho porque seu pescoço ainda não sabia do que o músculo esternocleidomastóideo era capaz, nem o seu nome conhecia. Se o rei tinha sido destronado, apenas a corte de seu palácio sabia. Ela se mantinha nas sombras. Amante. E o chasque chegava com a levodopa a tempo para qualquer batalha que surgisse. Mas muito mais importante que tudo isso, Elena não estava sozinha naquela outra viagem. Rita estava sentada no trem ao seu lado, ainda que fosse só para ajudá-la a vestir a manga da jaqueta e brigar com ela. Para lhe dar rápidas chicotadas de couro seco, e em seguida andar dois metros à frente dela. Naquela tarde elas também tinham brigado. Elena demorou muito tempo para entrar no vagão e Rita ficou nervosa. Pensou que ficariam de fora, então a fez entrar aos empurrões. Colocou as duas mãos espalmadas na bunda dela e a empurrou de repente, lembra, quase a jogou. Vai com vontade, mamãe, disse. E Elena respondeu, não me enche o saco. Porque ela ia e vai com vontade, caso contrário não estaria agora sentada neste outro trem, sozinha, vendo as árvores correrem uma atrás da outra com o canto do olho. Mas às vezes, Elena agora sabe, a vontade não é suficiente. Rita também acabou por saber, acredita, se é que naquele lugar onde ela foi parar, aquele onde acabaremos todos, finalmente se sabe. Apesar de ter ficado tão brava naquela tarde, se eu te encho o saco você não imagina o estado em que está o meu, ela lhe disse. E Elena, que apesar do músculo esternocleidomastóideo, da baba e da manga que não se deixa vestir quer continuar vivendo, não acredita que sua filha possa ter sentido vontade de morrer. Não consegue acreditar. Mas ela está morta. Não pode ter subido aquele campanário naquela tarde de chuva, não pode ter amarrado a corda ao sino para depois passá-la pelo pescoço, não pode ter feito aquele nó, não pode ter chutado a cadeira em que se apoiava para deixar-se cair suspensa e enforcar até a morte. Não pode. Ela não poderia. E naquela tarde estava chovendo. Elena sabe que não foi um acidente como garante o inspetor Avellaneda. Nunca acreditou na polícia. Não é de agora, faz anos. Mas está sozinha, e já não se trata de que acreditem nela mas de que, ao menos, alguém a escute. O juiz não a escutou, nem o delegado. Avellaneda sim, mas um dia lhe deram ordem para encerrar o caso e ele não a recebeu mais durante o expediente. Uma vez ou outra no bar da esquina da delegacia quando ele deixava o plantão, uma conversa extraoficial, Elena, ele havia advertido. Nas últimas vezes marcou com ela no umbu da praça. Mas faz tempo que não se encontram nem para que ele repita a mesma coisa de sempre, aquilo em que Elena não acredita, que sua filha se suicidou. O Padre Juan, sim, continuaria a recebê-la na sacristia, mas ela já se cansou, não serve para nada, porque ele a escuta como alguém que confessa, e ela não precisa de confissão e sim de respostas às suas perguntas. O diretor do colégio paroquial também a recebe, mas apenas olha para ela, e a escuta, e balança a cabeça como se concordasse, mas não acrescenta nada, apenas tem a dizer, hoje de manhã plantamos uma árvore em memória de Rita, Elena, e o que importa a ela uma árvore nova. Nem as colegas de trabalho de Rita, nem as vizinhas, uma até chora quando fala com Elena, e diz, eu a entendo, não sabe como a entendo, eu também não conseguiria, mas quem está pedindo para que a entendam, ela só quer que a escutem, e que lembrem e que digam o que sabem, mas ninguém sabe de nada, ninguém suspeita de ninguém, ninguém imagina uma possível motivação nem conhece inimigos que sua filha pudesse ter. Então, como não sabem repetem o que a polícia diz, suicídio, seu corpo surdo está cercado por outros surdos, pensa, mais surdos que seus pés quando não andam. Surdos que dizem entendê-la mesmo sem a escutar, Elena sabe. Roberto Almada escutou-a no início, e continuaria escutando se ela o deixasse, não venha mais, Roberto, lhe disse uma tarde quando passou na volta do banco e se pôs a chorar em sua cozinha, não é nada com você, mas não venha mais. Ele a escutou mas também não fez nem faria nada. Foi o primeiro a aceitar a teoria do suicídio, não lhe contou isso mas ela leu no processo, ele disse que Rita não andava bem nos últimos tempos, que não era a mesma, nada a entusiasmava, ria pouco, e quando foi que ela riu muito?, se perguntou Elena quando leu a frase transcrita pelo oficial de justiça, e a releu outras duas vezes para se certificar de que era isso que dizia, que não era ela que tinha se enganado, ria pouco. Ria pouco. O que é que ele sabe, Elena pensa. Surdos. Cegos. Embora possam andar, e se mexer, e fazer tudo o que a ela foi negado. É por isso que ela está tentando chegar a Buenos Aires. Nesse trem que mais uma vez para em uma estação intermediária cujo nome não consegue ler porque as letras se embaralham, inclinadas, no canto de seu olho voluntariamente vesgo. Conta nos dedos e calcula que deve ser Avellaneda. Como o inspetor que só a recebe fora do expediente, sentado na raiz curva e retorcida do umbu da praça.

Ninguém pode conhecer sua filha tão bem quanto ela, pensa, porque é mãe, ou porque foi mãe. A maternidade, Elena pensa, garante certos atributos, uma mãe conhece seu filho, uma mãe sabe, uma mãe ama. Assim dizem, assim será. Ela amou e continua amando, ainda que não tenha dito, ainda que brigasse de longe, ainda que discutisse como se desse chicotadas, e não a acarinhasse nem a beijasse, uma mãe ama. Continuará sendo mãe agora que não tem mais filha?, ela se pergunta. Se fosse ela a morta, Rita seria órfã. Que nome ela tem agora sem a filha? A morte de Rita pode ter apagado quem ela foi? Sua doença não conseguiu apagar, ser mãe, Elena sabe, não é algo que uma doença possa mudar, mesmo que a impeça de vestir uma jaqueta, ou a detenha com pés imóveis, ou a force a viver com a cabeça baixa, mas poderia a morte ter levado não só o corpo de Rita mas também a palavra que nomeia Elena?

Elena sabe que mataram sua filha. Não sabe quem foi nem por quê. Não consegue encontrar o motivo de sua morte. Não consegue enxergá-lo. Então precisa aceitar que um juiz diga, suicídio. E que o inspetor Avellaneda diga suicídio. E que Roberto Almada o diga. E que o digam para si mesmos todos aqueles que olham para ela e se calam. Mas estava chovendo, ela é a mãe, e estava chovendo. Isso a salva, isso muda tudo, embora não possa provar isso sozinha, sozinha ela não vai conseguir porque não tem mais corpo. Não agora que o rei foi deposto e que Ela governa. Nem com todas as zombarias poderá chegar à verdade se não encontrar outro corpo para ajudá-la. Um corpo alheio que trabalhe por ela. Que investigue, que pergunte, que ande, que olhe de frente, direto nos olhos sem passar pelas próprias sobrancelhas. Um corpo que ela, Elena, possa governar e que a obedeça. Não o seu. O de alguém que sinta a obrigação de pagar uma dívida. O corpo de Isabel. Por isso está nesse trem, para que aquele outro corpo, o daquela mulher que ela não vê há vinte anos, a ajude a buscar a verdade que lhe é negada. A verdade que ela não consegue ver. Ainda que leve o dia inteiro para chegar a Buenos Aires. Ainda que fique parada no meio do caminho toda vez que um comprimido deixar de fazer efeito e então não reste outra alternativa a não ser a espera, a sua, aquela em que o tempo paralisa, de novo, para contar ruas e estações, e reis, e putas, e imperadores sem roupa, para trás e para a frente, imperadores, putas, reis, ruas, estações.

Lá vai ela, um pé após o outro, apesar de ninguém mais poder devolver ao rei a coroa, nem à sua filha a vida, nem a ela sua filha morta.

8

Desde o início, Padre Juan foi um dos menos dispostos a tocar no assunto. Elena se cansou de ouvir o inspetor Avellaneda dizer que ainda não tinha conseguido recebê-lo. Ou o senhor não insiste o suficiente, ou o Padre o considera um idiota, inspetor, não vai me pedir para incluir o vigário na lista de suspeitos, Elena?, eu já disse, a sua obrigação é investigar todas as hipóteses possíveis. Elena procurou um bom horário, distante das duas missas diárias e fora do período reservado às confissões ou à sesta. Foi à sacristia e tocou a campainha. O padre saiu ajeitando aquele colarinho que substitui o que um dia foi a batina, certamente a duração de sua sesta foi se prolongando ao longo dos anos e isso fez com que Elena errasse o cálculo por alguns minutos. Entre, Elena, disse, e ela entrou. Cuidado com o degrau, alertou mas não adiantou, Elena não conseguiu passar o pé por cima da soleira, a ponta de seu sapato bateu duas vezes na madeira, e na terceira tentativa o Padre se aproximou dando a mão para ajudá-la a entrar sem cair. Que coincidência, Elena, ia ligar para a senhora, o pessoal do colégio anda me pedindo para rezar uma missa pela sua filha Rita, vamos fazer isso neste domingo na missa das sete, gostaria que se juntasse a nós. Elena fez as contas mentalmente e viu que às sete da noite não era uma boa hora para o intervalo de seus comprimidos, mas assentiu com a cabeça. Como está atravessando o luto?, perguntou o Padre Juan, e ela respondeu, ainda não estou, isso não é bom, Elena, há um tempo para tudo, tempo de morrer, e também tempo de chorar, eu ainda não tenho tempo para chorar, Padre, tem que ter, Elena, está escrito na Bíblia, em Eclesiastes, está precisando chorar, vou chorar assim que souber toda a verdade, quando souber quem fez a minha filha terminar aquele dia do jeito que terminou. O padre olhou para ela e, apesar de questionar se Elena estava preparada para ouvir o que ele tinha a dizer, disse, aquele dia não guarda outros segredos além das razões que Rita levou com ela para o túmulo, Elena, naquele dia estava chovendo, Padre, e Rita não chegava perto da paróquia nos dias de chuva, não percebeu isso em todos esses anos?, não, não percebi, por que não chegaria perto?, porque tinha medo de que um raio a partisse ao meio, ai, Elena, não pode acreditar nisso!, não era eu quem acreditava nisso, era a minha filha, mas naquele dia ela se aproximou, Elena, eu mesmo vi o corpo quando os garotos do Gómez me avisaram, conhece eles, não?, os filhos do dono do depósito do outro lado da avenida, garotos travessos mas bons, eles me ajudam com algumas tarefas simples de manutenção da paróquia e eu os deixo tocar os sinos que anunciam a missa, eles se divertem lá em cima, se divertiam. O Padre lhe oferece um chá, Elena não aceita. Quer que rezemos juntos?, não vim para rezar, Padre, vim em busca da parte que me falta da história, até agora a única coisa que sei é que o corpo da minha filha estava pendurado no campanário da sua igreja, a igreja não é minha, Elena, é a igreja de todos, da comunidade, não consigo entender como foi parar lá, Padre, a senhora sabe como, Elena, não, garanto que não sei, é doloroso aceitar a morte de um ente querido e ainda mais nessas circunstâncias em que as coisas se misturam, que coisas se misturam, Padre?, a dor e a raiva, porque nós, como cristãos, sabemos que não somos donos do nosso corpo, que o dono do nosso corpo é Deus, logo, não se pode passar por cima Dele, e justamente por saber disso é que lhe custa tanto aceitar, eu a entendo, Elena, mas eu não entendo o senhor, Padre. O Padre Juan olhou para ela, um pouco além de sua cabeça baixa ele viu aqueles olhos espantados sem espanto que olhavam para ele arrastando o olhar por cima das sobrancelhas e da testa, demandantes, mas Elena não disse nada, permaneceu em silêncio, esperou, então o padre foi mais explícito, a Igreja condena o suicídio assim como condena qualquer assassinato, qualquer uso indevido do corpo que não é nosso, tenha o nome que for, suicídio, aborto, eutanásia. Parkinson, diz ela, mas ele ignora. O Padre foi até um aparador, serviu-se de uma jarra de chá gelado e bebeu, tem certeza que não quer? Elena teve a sensação de que ele fazia isso apenas para ganhar tempo, como um dentista que aplica a anestesia mas quando vai extrair o dente seu paciente grita e então sabe que ainda precisa esperar mais um pouco, que o nervo ainda não consegue ignorar a dor. Elena, fique tranquila, apesar das provações que o Senhor está colocando no seu caminho, a senhora dá mostras constantes de que preserva sua fé, minha fé?, quem lhe disse que preservo alguma fé, Padre?, quem lhe disse que já tive fé, a senhora me diz isso, Elena, com seus atos, digo isso por eu não me matar?, digo isso porque mesmo com este corpo inútil eu não me enforco no seu sino?, ou porque minha filha morreu e eu continuo viva?, Elena, por favor, não blasfeme, o corpo é um objeto do domínio de Deus e o único direito que o homem tem sobre ele é o de uso, eu não tenho direito de uso sobre o meu corpo, há tempos, e não foi Deus quem me tirou esse direito, mas sim essa doença filha da puta, Elena, acalme-se, xingar não vai resolver nada, eu sugiro que reze pela alma da sua filha, para que Deus seja misericordioso com ela no dia do Juízo Final, não me interessa o dia do Juízo Final, padre, me interessa o juízo na Terra, quero que me diga tudo o que sabe para me ajudar a encontrar a verdade hoje, quer a verdade, Elena?, eu a repito então, com todas as letras, e a senhora a escute, naquele dia a sua filha cometeu um ato aberrante, tirou a própria vida, tomou um corpo que não era dela e sim de Deus, disse basta, quando todo cristão sabe que não temos o direito de pôr fim à nossa vida, essa é a verdade e devemos sentir piedade dela, estava chovendo, Padre, não insista com isso da chuva ou vou concluir que está cometendo o pecado da soberba, Elena, o que disse que eu cometi?, vaidade e soberba, pensar que sabe tudo, pensar que as coisas são como a senhora diz quando a realidade mostra outra coisa, e não é isso o que o senhor e a sua igreja ensinam o tempo todo?, nós ensinamos a palavra de Deus, vaidade de vaidades é se apropriar da palavra de Deus, Padre, tudo é vaidade. Elena se levantou com dificuldade, precisou tentar três vezes antes de conseguir, mas conseguiu sem ajuda, e avançou para a porta. O Padre Juan a viu andar, se compadeceu e fez o sinal da cruz em silêncio, seguindo com o olhar aquelas costas encurvadas que se afastavam, com passos arrastados. Quando chegou à porta, Elena levantou um pé para se esquivar do degrau da entrada, mas a altura que atingiu não foi suficiente. O Padre Juan então a seguiu e, apesar dela, a ajudou. Elena ficou de um lado da porta e ele do outro. Não tem ninguém para lustrar os seus sapatos, Padre?, disse, e o padre olhou para seus mocassins pretos que há tempos não recebiam graxa, peça aos garotos que cuidam da manutenção da sua igreja, seus sapatos também são sua igreja, Padre. Elena deu dois passos e o Padre Juan esteve prestes a fechar a porta mas antes disse, ah, Elena, Elena, eu me esqueço que a senhora é mãe. Ela não olha para ele mas se detém e diz, eu sou mãe, Padre?, por que duvida?, que nome têm as mulheres cujos filhos morreram?, não sou viúva, não sou órfã, o que sou? Elena espera em silêncio, na frente dele mas de costas, e antes que ele responda diz, melhor não me dar um nome, Padre, se o senhor ou a sua igreja encontrarem uma palavra para me nomear, talvez se sintam no direito de me dizer como devo ser, como devo viver. Ou morrer. Melhor não, diz e começa a dar um passo. Mãe, Elena, a senhora continua sendo isso, a senhora sempre será isso. Amém, diz ela e vai embora sabendo que não vai voltar.

II

MEIO-DIA
(TERCEIRO COMPRIMIDO)

1

O trem chega à Plaza Constitución. Elena espera todos os passageiros saírem do vagão e só então tenta fazer o mesmo. Desliza no assento de corino que acaba de descobrir que está rasgado, se arrasta da janela para o corredor. O caminho inverso ao que já fez. O fecho da saia fica preso na espuma que aflora de um rasgo antigo. Ela puxa e consegue se soltar. Apoia-se no braço do banco e se levanta. Fica feliz por ainda haver levodopa em seu corpo. Olha o relógio, faltam mais de duas horas para o próximo comprimido. Pendura a bolsa no ombro, mas a apoia na barriga e cruza os braços por cima dela; embora não viaje de trem há muito tempo, sabe que não se pode andar alegremente por uma plataforma de Constitución com a bolsa pendurada no ombro. Sabe que ela é um alvo fácil para quem quiser furtá-la e sair correndo. Se bem que o ladrão teria uma grande decepção, Elena sabe, pois mal tem o dinheiro para o trajeto na bolsa. Mas carrega o documento e os comprimidos, o lenço, as chaves de casa, um suco de caixinha e um sanduíche de queijo. A bagagem necessária para aquela viagem. Por isso atravessa a bolsa sobre a barriga e a aperta, porque se perder o que está carregando, dentro de pouco tempo não conseguirá mais andar. Vai até a porta do vagão e sai para a plataforma; caminha atrás da multidão que se amontoa como na boca de um funil para depois se dividir em filas improvisadas para mostrar seus bilhetes. Um homem se aproxima e diz, precisa de ajuda, vovó?, vovó o cacete, pensa, mas não diz nada, olha para ele e continua, como se além de tudo ainda fosse surda. Surda como seus pés quando não respondem. Surda como aqueles que não querem ouvir que naquela tarde estava chovendo. Um homem que deve ter no máximo dez anos a menos que ela. Talvez nem cinco. Mas que não tem um corpo murcho como o seu, por isso, porque não sabe como Elena sabe, ele se sente muito mais jovem, ele se sente no direito. O homem olha para seu corpo e diz, vovó. Ela até poderia ser uma com seus 63 anos, mas não no sentido compadecido usado pelo homem que quis ajudá-la. Ela teria gostado de ser avó, mas nunca conseguiu imaginar Rita como mãe. Sempre a imaginou estéril. Talvez porque tenha demorado tanto a menstruar, quase aos quinze, a última de sua turma a ficar "mocinha". E sempre muito irregular, sempre pouco, que regras mais miseráveis você tem, Rita, melhor assim, mamãe, menos tempo suja. Rita nunca manchou um lençol, nunca uma dor a impediu de fazer as coisas do dia a dia. Como se sua menstruação não tivesse a contundência necessária. Como se fosse um simulacro, apenas o suficiente para ninguém se perguntar por que não. Elena, por sua vez, sempre teve regras abundantes, generosas, daquelas que não deixam dúvidas de que tudo, ali dentro, está funcionando. Ainda se lembra do dia em que manchou a poltrona do cinema ao qual tinham ido uma tarde quando Rita tinha dez ou doze anos, levanta, filha, e sai rápido, levanta agora mesmo, mas

Rita foi no seu tempo, precisava pegar seus doces, calçar os sapatos, eu disse para você se apressar e sair, repetiu Elena, espera, mamãe, qual é a pressa?, esta é a pressa, respondeu, e virou o rosto dela para que visse a mancha na poltrona de tecido marrom, então Rita se apressou, saiu correndo do cinema, chorando, mas sem deixar de olhar para trás para saber se mais alguém estava vendo a mancha de sua mãe. Que seu ventre funcionava estava claro, mas sempre teve dúvidas quanto ao da filha. Se Rita não era capaz de manchar como ela, Elena não conseguia ter certeza. Perto dos vinte anos a levou ao doutor Benegas para se consultar; não tinha mais idade para pediatra então a levou ao médico que Elena frequentou a vida inteira, que também fora o médico da mãe de Elena. E de suas tias. De quase todo o bairro. O mesmo que anos depois as ensinaria o que é a levodopa, a substância nigra, o esternocleidomastóideo, o Parkinson. Mas naquela época, quando essas palavras não existiam porque ninguém as tinha nomeado, o doutor Benegas indicou um exame que permitiria verificar se sua filha tinha útero, vai que temos uma surpresa, Elena, e Rita é uma vagem sem sementes que não pode cumprir o propósito com que veio ao mundo. À época não existiam as ultrassonografias de hoje nas quais se pode ver como no cinema o que há por trás da pele e da carne. Antes, para ver, era preciso entrar de alguma maneira, se enfiar dentro do corpo. Rita e Elena chegaram juntas ao consultório. Benegas as aguardava com dois assistentes. Rita fizera jejum no dia anterior, a última coisa que pôde comer foi geleia de marmelo e dois biscoitos com gosto de nada. E nas últimas seis horas nem mesmo água. Ela estava com fome, mas só de pensar na geleia sentia ânsia de vômito. Eles a colocaram numa maca e trouxeram um aparelho cujo nome Rita nunca soube mas que era idêntico a uma bomba de encher bola de futebol. Só que o bico foi colocado nela. Eles o cravaram em sua barriga e inflaram. Uma, duas, três, dez vezes. Rita chorava. Você não pode dizer que isso dói, Rita, disse o doutor Benegas. E ela não respondeu, mas sua mãe sim, claro que não dói, doutor, ela faz isso para a gente se sentir mal. Quando a barriga de Rita estava suficientemente inflada levantaram a maca, os pés para o teto e a cabeça para baixo, desenhando uma diagonal com o chão de mosaico cinza. E a examinaram. Rita não sabe como, porque fechou os olhos. Elena também não, porque o doutor Benegas pediu para ela sair, mãe e filha brigavam tanto que o exame perigava. Para de chorar, Rita, se você está assim por causa de um exame é melhor realmente que não possa ter filhos, se você soubesse o quanto dói, não é, doutor?, ah, eu não sei o quanto dói, disse Benegas e riram juntos, ao lado de sua filha inclinada a 45 graus em relação ao chão, inflada de ar. Pela posição da maca as lágrimas de Rita faziam o percurso inverso ao pranto comum, saíam do canal lacrimal e percorriam a curva da pálpebra superior, desenhavam o arco das sobrancelhas e na ponta desse arco o abandonavam para correr pela testa e desaparecer na franja. Rita sentiu alguém tocar sua mão por debaixo do lençol e em seguida a apertar, com força, uma mão forte apertando a sua. Abriu os olhos por um instante e viu de pé daquele lado, junto à maca, um dos assistentes do doutor Benegas. Quando ela abriu os olhos ele estava olhando para ela. O assistente, ao ver os olhos de Rita cravados nos seus, fez um movimento, não a apertou com mais força, foi apenas um movimento, como se lhe acariciasse a mão. E sorriu para ela. Rita apertou os olhos com mais força que antes e afastou sua mão da dele, recolhendo-a para junto do corpo. Esperou, dura, tensa, mas ninguém pegou sua mão. Um tempo depois sentiu que estavam puxando o bico cravado em seu corpo e abriu os olhos, não havia mais ninguém daquele lado. Não fique tão dura senão o ar que colocamos em você vai demorar a sair, disse o doutor Benegas enquanto apertava a barriga de Rita para que o gás com que a inflaram saísse. E então tudo acabou, eles a desceram, mostraram a ela como apertar a barriga para tirar o ar restante, já que você não deixa a gente tirar você mesma vai ter que fazer isso, e a mandaram para casa. Ela tem útero, fique tranquila, disse o médico a Elena ao se despedir delas na sala de espera.

Elena teria gostado de ser avó. Se fosse, não estaria hoje andando sozinha por aqueles corredores de um terminal de trem que cheira a fritura, fazendo o percurso que acredita que a levará a encontrar um corpo que a ajude. Porque se tivesse um neto estaria falando de Rita com ele, contando como ela era quando tinha sua idade, como era antes. E ele faria perguntas, e ela inventaria anedotas, enfeitaria as que recorda, inventaria a filha que Rita não foi, tudo para ele, para esse garoto, esse que lhe daria um nome, vovó, ainda que Rita estivesse morta, e então o cheiro de fritura desapareceria. Mas não desaparece, se infiltra pelo nariz e a percorre, percorre seu corpo dobrado, gruda na roupa, a toma toda, inteira, enquanto ela se arrasta. Os alto-falantes anunciam um novo trem atrasado, as pessoas ao redor protestam, vaiam, e Elena está ali, em meio às vaias, sem neto e sem filha. Ainda não decidiu se vai pegar o metrô ou um táxi quando deixar a estação ferroviária. Vai depender de como estiver se sentindo quando terminar de percorrer esse corredor. Porque são onze horas e não é hora de outro comprimido, o próximo será logo depois do meio-dia, um pouco depois de comer alguma coisa que garanta que a medicação será assimilada como deve ser, alguma coisa que não tenha muita proteína, o doutor Benegas proibiu as proteínas no almoço, alguma coisa como o sanduíche de queijo que ela leva na bolsa. Entra em uma das filas e se deixa levar pelo restante das pessoas. Imagina que deve ser assim nos estádios de futebol em dia de clássico. Nunca foi a um estádio. Rita também não. Talvez, se tivesse um neto, iria. Avança o melhor que consegue. Vamos, vamos, rápido, diz o homem que pede os bilhetes. E as pessoas avançam, empurrando umas às outras sem que ninguém estranhe o toque ou a força daqueles a quem só conhecem por dividir o mesmo caminho estreito. É a vez de Elena, parada junto ao homem que pede os bilhetes ela enfia a mão no bolso do casaco e procura o seu, futuca, mexe os dedos dentro do buraco de tecido, chega até o fundo, sobe vazia, a fila não cresce atrás dela porque não sobrou ninguém para passar, mas outro trem está entrando na estação e logo o lugar se encherá novamente de pessoas apressadas, ansiosas por passar por cima dela ou de quem quer que seja preciso para chegar antes a sabe-se lá onde, está bem, pode passar, diz o guarda antes que ela encontre o bilhete e a apressa, mas ela continua procurando, pode passar, senhora, passa, insiste. Elena olha para ele sem levantar a cabeça, como ela sabe, ou consegue, espicha os globos oculares para cima e o encara na altura da testa, por entre as sobrancelhas. Suas pálpebras e bochechas doem, mas o encara, enquanto tira a mão do bolso e lhe estende o bilhete para que ele também veja.

2

O inspetor Avellaneda é outro que nunca quis ver, Elena pensa. O senhor se esforça mas está precisando de óculos, inspetor. Benito Avellaneda aceitou a crítica com a mesma resignação com que aceitara a tarefa que lhe fora atribuída com instruções precisas: receber a mãe da falecida, ouvi-la, mas deixar sempre claro a cada encontro que para a polícia e a justiça o caso estava encerrado, suicídio. Se for preciso ofereça a ela assistência psicológica, Avellaneda, lhe disse o delegado, mas Avellaneda nunca teve coragem, para ele, uma mãe, sua ou alheia, é sagrada, e não podia maltratá-la assim. Avellaneda não é nem era inspetor, nunca passou de cabo, a responsabilidade de receber Elena foi sua punição, uma espécie de *probation* clandestina dentro dos quadros da polícia depois de ter sido descoberto no caixa-forte da agência do Banco Provincia de Glew, onde fora destacado para serviços de proteção de transporte de dinheiro em espécie, com as calças arriadas até os tornozelos e o pênis nas mãos apontando na direção da funcionária do banco que o esperava seminua contra a parede de caixas cofre. Porra, Avellaneda, da próxima vez seja mais discreto, lhe disse seu superior e o transferiu para as tarefas administrativas. Registrar mudanças de endereço, receber reclamações de barulhos incômodos, redigir denúncias de roubos de carros, encaminhar denúncias de maus-tratos à equipe correspondente, contravenções, certidões de antecedentes criminais, e não muito mais que isso até que apareceu o caso de Elena, ou de Rita, ou das duas, apresente-se como inspetor, cabo, você tem minha permissão, orientou o delegado, assim a mulher vai sentir que estamos cuidando do assunto, que nos importamos, sinto pena da velhinha, Avellaneda, e você também vai sentir, mas precisa ser forte, o caso está encerrado mesmo que ela queira continuar revirando o assunto sem se resignar, já estamos fazendo muito, não acha?, não somos obrigados a colocar um homem da nossa força para recebê-la, é uma questão estritamente humanitária.

Encontrar Avellaneda às segundas, quartas e sextas logo se tornou a rotina mais esperada dentre as múltiplas rotinas de Elena. Às dez horas em ponto chegava à delegacia e esperava por ele. Impontual demais para um policial, inspetor Avellaneda, vai chegar sempre tarde à cena do crime, deve ser por isso que não sou promovido, senhora, respondeu ele e ficou ruborizado porque se lembrou do cofre de Glew onde tinha acabado com sua carreira e não exatamente por chegar tarde. Avellaneda estava com quilos sobrando ou seu casaco havia encolhido, porque mesmo que quisesse nunca conseguiria abotoar o blazer azul com o escudo da Polícia da Província que usava. Os colarinhos de todas as suas camisas estavam esburacados. Se Elena os tivesse visto teria se oferecido para virá-los como fazia com os colarinhos das camisas de seu marido, mas seu campo de visão, sentada à mesa diante dele, não passava do segundo botão aberto. No começo Avellaneda ficava incomodado com o olhar daquela mulher cravado em sua barriga, até que percebeu que não era algo pessoal, que por mais que Elena quisesse não conseguia olhar para mais alto do que aquilo, então à medida que os encontros se repetiam aprendeu a colocar a barriga para dentro, prender a respiração, ou se inclinar na direção dela para que suas cabeças ficassem na mesma altura e pudesse olhá-la nos olhos, se inclinava tanto que nesses dias acabava com dor nas costas.

Nos primeiros encontros Elena ia para pedir explicações, perguntava pelas novidades na investigação, exigia respostas a perguntas que ninguém fizera. Ela não foi lá para se matar, inspetor, a corda estava na igreja, a cadeira em que subiu era da igreja, ela não planejou, alguém fez isso por ela. E Avellaneda ficava olhando como quem olha para uma tia a quem vê de vez em quando, acompanhando a conversa quase sem ouvi-la, com o único objetivo de agradá-la. No começo discutiam, é que para a justiça e a polícia não há dúvidas de que foi um suicídio, senhora, dizia o cabo Avellaneda, mas estava chovendo, inspetor, respondia ela, e Avellaneda ficava sem palavras porque estava de fato chovendo ainda que isso não tivesse a menor importância para ele e os seus colegas. Logo Avellaneda aprendeu a responder, sim, senhora, estava chovendo, sem contestar a chuva, mas também sem fazer nada do que Elena esperava. Para passar o tempo reservado ao encontro ele mesmo lia páginas do processo, às vezes se confundia e lia como novidade páginas que já tinham discutido semanas antes. Elena precisou de pouco tempo para perceber que não poderia haver progressos porque nem sequer havia investigação. Então ela mesma começou a fornecer dados para investigar. A agenda de Rita que ninguém pediu, seu caderninho de telefones, os nomes de todas as pessoas que sua filha conhecia numa lista feita à mão com a letra travada pela doença, se não entender o que está escrito me pergunte, inspetor, eu entendo, senhora, não se preocupe, respondeu o cabo segurando na mão o papel que Elena lhe entregava e perguntando-se mentalmente quanto tempo aquela mulher teria levado para formar aquelas letras azuis atravessadas, tortas, na folha de papel pautado. Uma lista dos últimos lugares onde ela estivera nos dias anteriores à própria morte. Na casa de Roberto Almada, no colégio paroquial, no supermercado, no salão da mãe de Roberto, nos escritórios da assistência social onde ainda reivindicava a restituição por um exame de rim que Elena fizera havia mais de dois meses e que ainda não tinha sido autorizado, vamos ver se você para de cheirar a xixi de uma vez por todas, mamãe. No consultório do doutor Benegas, disse Avellaneda, quando foi que minha filha esteve no consultório do doutor Benegas?, dois dias antes de sua morte, não sabia?, não, ela não me contou, não contou mas esteve, Elena, mas se ela não estava doente, não foi por ela, foi pela senhora, eu não tinha consulta com Benegas, ela foi lá para falar da senhora, Elena, inspetor, o senhor não está desconfiando do doutor Benegas, ou está?, não, claro que não, disse o cabo, só estou dizendo que precisa incluir que ela esteve com o doutor Benegas se quiser que essa lista de lugares onde sua filha esteve antes de morrer fique completa, é claro que eu quero, inspetor, talvez, alguma coisa dita, algo que o médico falou, o senhor está mesmo desconfiando do doutor Benegas, inspetor, o senhor não me engana, não, Elena, só estou dizendo que sua filha também esteve lá, se quiser considere isso, se não, deixe para lá, considere o senhor, inspetor, o senhor é que tem de investigar, é o seu dever, eu sou a mãe, como quiser, Elena, respondeu o cabo mas sem demonstrar vontade de acrescentar nada à lista. Então Elena puxou o papel da mão dele, se esticou até a outra ponta da mesa para pegar uma caneta esquecida em uma latinha de refrigerante decorada com cola colorida, e escreveu debaixo de sua lista de garranchos, consultório do doutor Benegas. Em seguida devolveu a lista ao cabo, tome, inspetor, disse, faça o seu trabalho, e faça-o direito.

3

Elena decide pegar um táxi; atravessa o saguão central da estação Plaza Constitución intuindo obstáculos. Como uma nadadora obrigada a olhar para o fundo da piscina, tenta respeitar a raia que traça para si mesma, e segue em frente. Mas os outros não enxergam sua raia e a atravessam, vindos de qualquer direção, indo para qualquer direção. Os atentos desviam dela, os que não são a empurram. Ela continua, como se não existissem, assim como sente que ela não existe para eles. Mas eles existem, avançam, se afastam, pares de pés lado a lado indo e vindo. E Elena na raia que só ela conhece e respeita. Alguém a empurra e pede desculpas sem esperar resposta. Outro se esquiva, mas a mochila que carrega no ombro bate no dela com brutalidade e indiferença. Um grupo de pés forma um círculo imperfeito a dois metros do seu caminho. Varas que provavelmente sustentam faixas, ou bandeiras ou cartazes. Varas que sustentam reivindicações. Salários que não são pagos, demissões, vendedores ambulantes que não querem ser expulsos, Elena não se importa, ela também carrega a vara com sua reivindicação mesmo que ninguém veja. Alguém grita em um megafone, e o círculo aplaude.

Alguém que fala de Deus, de algum deus, e do Filho de Deus. Mais uma longa fila de sapatos, sapatos que calçam aqueles que vão reivindicar um papel que confirme que o trem em que viajaram chegou atrasado, de novo, e assim não tenham o dia de trabalho descontado. Melhor táxi que metrô, pensa, enquanto dá a volta no círculo imperfeito de sapatos que agora aplaudem e dão vivas à voz do microfone, ou a Deus, ou a seu Filho. Melhor táxi que metrô. Não porque o metrô só vai até Carranza e de lá ela teria ainda dez quarteirões pela frente, como lhe disseram na *remisería* da esquina de casa. Melhor táxi que metrô porque em meia hora não conseguirá mais se levantar do assento, de qualquer assento, seja lá onde tiver deixado seu corpo cair. E não quer que isso lhe aconteça em um túnel de metrô. Apesar de fazer muito tempo, anos, que não entra em um, ela se lembra muito bem, então escolhe ir de táxi. Lembra-se de ter visto os trens vazios desaparecerem no buraco do terminal de metrô, enquanto na plataforma oposta reaparecia outro trem disposto a fazer o caminho oposto. Não sabe se era o mesmo. Nunca havia se importado com isso, mas agora pode ser que se sente e não consiga ficar de pé quando for preciso, por isso se importa. Sabe que o trem engolido pelo buraco necessariamente sairá porque senão aquele espaço ficaria entupido de vagões e não caberiam mais, mas quando? Naquela mesma tarde? Naquele mesmo dia? Antes que o próximo comprimido comece a fazer efeito? Ou depois? O tempo de Elena não é como o tempo dos trens que andam debaixo da terra de um terminal ao outro. Não tem cronogramas nem horários determinados que devam ser cumpridos. Seu tempo é contado em comprimidos. Aqueles comprimidos de diversas cores que carrega na bolsa, num porta-comprimidos de bronze com vários compartimentos que Rita lhe deu em seu último aniversário. Para você não fazer confusão, disse, e a colocou em cima da mesa. Não estava embrulhada e sim enfiada em uma sacola plástica branca quase transparente, sem nome, como as de supermercado, só que mais frágil e sem marca. E a velinha?, perguntou Elena. Então Rita revirou a última gaveta do móvel da cozinha até encontrar uma vela usada, uma das muitas que elas guardavam para o caso de faltar luz, respingada de cera, suja da poeira acumulada depois de tanto tempo perdida em uma gaveta onde ia parar de tudo, fraquinha, quebrada ao meio mas sustentada pelo pavio interno. Ajeitou a ponta do pavio queimado, raspou a parte dura com as pontas dos dedos e o acendeu, aproximou a vela de Elena e disse, sopra. E Elena soprou, deitando a cabeça para que o sopro chegasse, levantando de leve o canto esquerdo da boca como no sinal do sete de ouros no truco argentino, babando na mesa de fórmica, mas será possível que você nunca tenha o lenço à mão, mamãe. A chama da vela mal se moveu, sopra de novo, mamãe, e Elena levou os lábios de novo para o lado, tratou de inflar as bochechas e prender mais ar na boca, mirar direto no alvo, esticar um pouco mais o pescoço torcido na direção da vela, e teria soprado, se naquele momento uma gota de cera derretida não tivesse caído na mão de Rita, dessa vez ela a teria apagado, puta merda, disse sua filha, sacudiu a vela no ar, uma, duas, três vezes, até que se apagou, e Elena teve de engolir o ar.

Se ela não conseguisse se levantar quando tivesse que desembarcar, desapareceria dentro daquele túnel negro onde ela não sabe o que acontece e, o que é pior, onde Elena não sabe como o tempo é medido. Aquele outro tempo tão diferente do que ela mede sem ponteiros. Como o limbo, pensa, um lugar eterno de onde nunca se sai nem para ir ao céu nem para ir ao inferno. Ou o céu ou o inferno, isso de ficar no meio do caminho sempre lhe pareceu a pior alternativa. Limbo ou purgatório, ela se pergunta; não se lembra mais da diferença entre limbo e purgatório, embora saiba que há e que ela, em algum momento, já soube qual era. Ela se pergunta se hoje, a caminho da casa de Isabel Mansilla para falar de sua filha morta, faz diferença não lembrar. A palavra purgatório a faz rir porque ela se purga, todos os dias, seu corpo é um purgatório que anda, que às vezes, aos poucos, anda. Elena se purga com laxantes desde que Ela deixou seu intestino preguiçoso. Não é que não funcione direito, disse o doutor Benegas quando se queixou dos muitos dias que ficava sem ir ao banheiro, o intestino dos que padecem de Parkinson fica preguiçoso, Elena, nada que não se resolva com uma compota de ameixa todas as manhãs ou com um bom prato de acelga ao meio-dia. Purgantes. Por isso, e apesar de duvidar que exista algum dos três, céu, inferno, purgatório, escolhe o táxi. Sai do edifício e procura o ponto. Pergunta em uma banca de jornal. A senhora vai para onde?, pergunta o jornaleiro. E Elena percebe que nem mesmo vendo o homem entende. Porque não importa qual seja o ponto mais bem localizado de acordo com o destino de Elena. O que importa é que seja o mais próximo. O possível enquanto seu corpo ainda responde com seus passos arrastados. Enquanto ele não se desligar e a deixar sozinha, presa naquela cidade estrangeira. Sozinha, sem corpo. É possível ser algo sem um corpo que obedeça?, Elena pensa, arrastando os pés em direção ao local indicado pelo jornaleiro. O que se é quando o seu braço não se move para vestir uma jaqueta, ou sua perna não se levanta no ar disposta a dar um passo, ou seu pescoço não se ergue impedindo-o de andar encarando o mundo? Quando não se tem um rosto para enfrentar o mundo, o que se é? Um cérebro, que não consegue mandar em ninguém mas continua pensando? Ou o próprio pensamento, algo que não se pode ver nem tocar fora daquele órgão enrugado guardado dentro do crânio como um tesouro? Elena não considera que alguém sem corpo seja a alma, porque não acredita na alma nem na vida eterna. Ainda que não tenha se atrevido a contar isso a ninguém. Disse apenas para si mesma, quando já não podia mais mentir para si mesma. Porque Antonio, seu marido, era um católico praticante, e não a teria compreendido. Além de não compreender, para ele teria sido um desgosto, tantos anos trabalhando no colégio paroquial, não só como zelador e porteiro mas também como catequista, e descobrir que sua mulher, a mãe de sua filha, não acreditava na alma nem na vida eterna. Insensata, Elena agora sabe, porque foi assim que o Padre Juan a chamou no dia do velório de sua filha, ela ou qualquer um que encarasse a morte como se nada existisse depois da vida terrena. Talvez por isso o compromisso de Rita com a fé católica tenha sido tão ambivalente, quase evasivo. Porque foi educada por um católico fervoroso, e outra que fingia sê-lo. Por isso Rita usava uma cruz no pescoço mas ousava faltar à missa quando chovia, porque tinha mais medo dos raios do que da dupla falta que cometia, mentindo e não indo à missa. E não confessava todos os seus pecados, apenas alguns. Nem rezava todas as noites, tem dias que Ele não merece, dizia. Mas visitava sete igrejas toda Sexta-feira Santa e fazia jejum e abstinência não só na sexta-feira da Semana Santa mas também na quinta-feira, na Quarta-feira de Cinzas, e em todas as sextas-feiras da Quaresma. Estreava uma calcinha rosa em todo Natal apesar de saber muito bem que isso pouco tinha a ver com os preceitos da igreja e dos Evangelhos, e dava outra de presente a Elena, que ela sempre acabava trocando por uma preta, como você pode pensar que eu vou usar uma calcinha rosa, Rita?, e qual o problema, se ninguém mais além de mim vai ver, mamãe? Não entrava na igreja com os ombros de fora. Não mordia a hóstia. Jejuava por uma hora antes de comungar. Sempre chegava à missa antes do credo começar para que de fato valesse. Fazia o sinal da cruz toda vez que passava em frente a uma igreja. Como se sua religião se baseasse mais na tradição, naquilo que o folclore e as pessoas foram instituindo como rito, do que no dogma ou na fé. Rita, à sua maneira, teve um Deus, um Deus próprio que ela foi montando como um quebra-cabeças com suas próprias regras. Seu Deus e seu dogma. Elena não. Por que então permanecem nela aquelas palavras que não são sua reza? Por que o céu e o inferno continuam aparecendo para ela? Por que aparecem a ressurreição, o credo, o tende piedade de mim e o meu Deus, eu me arrependo, a penitência, o pecado, e o em nome do Pai? Palavras sim, mas nem Deus nem dogma. Agora nem corpo, pensa, e ao fazer isso pensa nela mesma, mas também em Rita, enterrada debaixo da terra.

Dois corpos mortos. O seu e aquele outro que um dia esteve dentro dela, alimentando-se dela, respirando o ar que ela respirava, e que agora voltou ao pó que somos, como pede o Evangelho. O corpo de sua filha. Quem me dera acreditar na alma e na vida eterna, e que do pó viemos e ao pó voltaremos, pensa, mas sabe, Elena, que o único pó ao qual voltamos repetidamente é esse que ela percebe em seus sapatos quando entra no táxi e diz direto pela Nueve de Julio até a Libertador, e pela Libertador até virar Figueroa Alcorta e depois direto até o Planetário, e lá à esquerda até o Monumento dos Espanhóis, e de novo pela Libertador até Olleros, e embora não dê um endereço exato o taxista sabe para onde ir, ou pelo menos tem uma noção, porque se move sem fazer perguntas, quase tão desajeitado quanto ela, atravessando com seu corpo o banco de uma ponta a outra para ligar o taxímetro e colocar alguma coisa no porta-luvas. Elena sabe embora não consiga vê-lo porque o ouve se mover e porque o lugar que ela ocupa escurece repentinamente como se uma nuvem tivesse encoberto o sol que antes entrava pelo para-brisa dianteiro. O homem volta ao seu lugar e se prepara para dar a partida mas se detém, a tempo, porque vê pelo espelho que a porta de trás continua aberta. Elena termina de acomodar a bolsa atravessada sobre a barriga, mas ainda não fecha a porta. Só colocou uma das pernas para dentro, com a qual amassa o tapete de papel do lava a jato onde o homem lavou seu táxi, a outra não entra, ainda não consegue, o joelho está apontado para fora, o pé se mantém no ar esperando que Elena consiga acomodá-lo no chão empurrando com as mãos. O homem se impacienta, quer ajuda?, não precisa, diz Elena, e usando a perna que já está dentro como apoio, faz a outra entrar, virando-a num ângulo reto como se fosse uma cancela e em seguida empurra a coxa para baixo até pousar o pé. Só então sabe que conseguiu. Podemos ir?, diz o taxista, e ela se estica um pouco mais, agarra a maçaneta, puxa a porta em direção ao corpo com força, como se fosse a corda que usa todas as manhãs para se levantar. Podemos, diz Elena, agora sim. Imagina o taxista olhando para ela pelo retrovisor, olhando a risca de seus cabelos coalhados de fios brancos, as pequenas manchas de caspa das quais Rita se queixava tanto despontando junto à raiz, usa o anticaspa, mamãe. Por pudor tenta fazer um esforço para levantar a cabeça e olhar para ele. Mas seu tempo, o tempo de Elena, paralisa. Não há mais rastro de levodopa para ajudá-la a se mover. Nada, Elena sabe. Sabe que a espera está vindo, alguns minutos até o próximo comprimido e depois o tempo necessário para que a droga se dissolva e percorra seu corpo. Sua espera, aquele tempo que se mede sem ponteiros, aquele que ela usa para fazer sua reza, aquele que lhe serve porque a acompanha. A reza em que aparecem Ela, e o chasque, e o rei deposto e o imperador sem roupa, as ruas que separam sua casa da estação e as outras que estão por vir, as estações do trem que acaba de deixar, a levodopa e a dopamina, o músculo e de novo Ela, o rei, o rei sem coroa, nu.

    O carro anda, e Elena agradece que alguém faça isso por ela.

4

Acrescente à lista as duas funcionárias do plano de saúde, inspetor Avellaneda. Acha mesmo, Elena?, respondeu o cabo sentado ao lado dela na raiz mais curva do umbu da praça. Eram aqueles dias em que não se encontravam mais na delegacia. Fizemos mais do que era humanamente possível por aquela mulher, Avellaneda, e as pessoas do bairro estão começando a falar, lhe dissera o delegado alguns dias antes, estão falando o quê, delegado?, que estamos tirando dinheiro dela, Avellaneda, filhos da puta, como podem achar que somos capazes de fazer isso com uma velha?, é assim que as pessoas são. Mas o cabo não teve coragem de dizer a ela que não viesse mais. Por ela, mas também por ele. Àquela altura receber Elena se tornara sua tarefa mais aguardada, uma daquelas atividades que alguém assume a contragosto e logo se torna parte da vida, a própria vida. Avellaneda aguardava cada visita com um entusiasmo que o surpreendia dado o pouco que podia fazer por aquela mulher. Inventou uma desculpa, estão pintando a minha sala, logo, logo a senhora vai ver o resultado, Elena. E Elena não acreditou nele, mas mesmo assim foi até a praça, e conversou com ele como se acreditasse. Rita tratava muito mal as garotas do plano, insistiu, bem, Elena, não parece motivo suficiente, estou dizendo, mal de verdade, entende?, mal, mal, inspetor, eu entendo, mas ninguém sai matando cada pessoa que o trata mal, senão quantos de nós sobraríamos neste mundo, se é que sobraria alguém, eu teria de matar mais de um patrão que tive, não na polícia, na construção, eu trabalhava antes na construção civil, Elena, nunca lhe contei?, não, nunca me disse, e o meu irmão, primeiro o meu irmão e depois os meus patrões, meu irmão teria de matar o sogro dele, minha cunhada a minha mãe, mesmo sendo solteiro nem sei se eu ficaria vivo, disse o cabo, o senhor sim, inspetor, corrigiu Elena, o senhor parece ser uma boa pessoa, não confie nas aparências, Elena, veja que o uniforme ajuda, não seja modesto, inspetor, Elena ri, até parece que o uniforme vai ajudá-lo, a senhora, Elena, a senhora sim é uma boa pessoa. Ela negou com a cabeça, diz isso porque nunca me viu brigar com Rita, incluo a senhora na lista, então, disse o cabo fazendo uma piada que lhe pareceu boba e inoportuna no mesmo instante que saiu de sua boca, por que não, inspetor, respondeu ela, o senhor precisa investigar todo mundo, ficaria muito feliz se fizesse isso, mesmo que começasse por mim.

 A relação com as funcionárias do plano foi piorando à medida que a doença de Elena piorava e, com ela, aumentavam os gastos que eles deveriam reembolsar. Exemplos para ilustrar os maus-tratos era o que não faltava a Elena. Os maus-tratos evidentes de sua filha em relação a elas, ou os que elas retribuíam, os maus-tratos disfarçados por trás de uma voz suave especialmente treinada nos escritórios centrais da empresa de plano de saúde. O tom de voz não ajudava, Rita sempre se deu mal com pessoas que falavam baixo, elas me dão medo, mamãe. Afirmavam que tinha excedido a quota de fisioterapia, que a receita dizia quinhentos e o plano só cobria trezentos. Trezentos o quê?, comprimidos. Que o genérico que o médico credenciado receitou não correspondia ao medicamento que ele pedia, que o plano que Rita pagava para as duas religiosamente há vinte anos não cobria aquele tratamento, já tentou fazer pelo seguro público de saúde, o PAMI? Não tentaram pelo PAMI, PAMI tinha virado um palavrão para as duas desde que esperaram por mais de uma hora que uma das ambulâncias viesse ajudar Antonio que estava morrendo de infarto, deitado na cozinha da casa onde agora só mora Elena, para que finalmente chegasse cinco minutos depois que ele havia morrido. A sirene soava na rua, cada vez mais perto de sua casa, mas Elena sabia que já não serviria de nada. Tentaram no antigo Instituto dos Aleijados, ao qual mãe e filha continuavam chamando pelo seu velho nome, embora há anos tenha outro, extenso, que tenta não ofender ninguém mas que cansa, vá à rua Ramsay, ao Serviço Nacional de Reabilitação e Incentivo da Pessoa com Deficiência, Rita, e pegue o atestado de deficiência, isso vai facilitar muito as coisas, lhe disseram as garotas do plano assim que os gastos começaram a aumentar em progressão geométrica. Mas Rita não viu necessidade, por que preciso fazer isso?, porque, por exemplo, toda vez que a senhora traz um pedido de sessão de fisioterapia para a sua mãe eu tenho que pedir autorização à auditoria do Escritório Central e isso leva tempo, além disso se eles derem a autorização, terei que descontar da sua quota, quando a quota acabar, acaba a fisioterapia, entende?, não, não entendo, eu explico, então, com um atestado de deficiência esse limite não existe e tudo é muito mais rápido, e qual vai ser o limite depois?, perdão?, por que preciso ir a um lugar atestar que a minha mãe é deficiente?, por acaso não a está vendo?, a funcionária olha para baixo, olhe para ela, Rita a detém, o que acha?, a funcionária ergue os olhos mas não responde, não é suficiente?, não, não é para mim, eu conheço bem a sua mãe, só que preciso do atestado de deficiência para, mas não pôde terminar a frase porque Rita a interrompeu, tenha coragem de olhar para a minha mãe, acha que esse corpo precisa que alguém ateste que não é eficiente?, quem poderia requisitar uma coisa tão óbvia?, o Escritório Central exige o papel, e não pode dizer não a eles, mesmo que eu diga vão exigir do mesmo jeito, para eles não basta que você diga, não basta o histórico clínico, não basta o atestado do médico de família dela?, são as normas, diga a eles que eu a levo até eles, esses que não acreditam em nós, para que a vejam, mas não façam a minha mãe passar por um processo que não merece. Não houve argumentos que mudassem a exigência do Escritório Central. Foram até lá, até Ramsay, catorze meses depois daquela sugestão, está me agendando para o ano que vem?, perguntou Rita à funcionária que a atendeu na recepção do que um dia fora o Instituto dos Aleijados, um bangalô ao qual foram adicionando vários anexos, um lugar para sua surpresa aberto, com árvores até, não tem nenhuma data antes?, tem muita gente precisando da mesma coisa, senhora, tomara que essa gente esteja viva daqui a catorze meses, moça. Quando chegou a data agendada Roberto Almada conseguiu uma folga no banco e um furgão emprestado, precisa mesmo incomodar aquele homem, Rita?, diga a ele que por mim não precisa, ele está fazendo isso por mim, não por você, mamãe. Chegaram no horário marcado, mal-humorados, principalmente Rita, certa de que encontraria algum entrave, qualquer um, que a faria voltar outro dia, um papel, uma assinatura, um carimbo, qualquer requisito mínimo, mas que uma vez verificado o seu esquecimento ou a sua inexistência se tornaria de suma importância. Mas não foi assim, esperaram pouco tempo, Elena disse a Rita que preferia que Roberto as esperasse no furgão, vai que pensam que ele é o aleijado que veio buscar o atestado, Rita, e Rita apesar da raiva pelo comentário de sua mãe deve ter titubeado porque sem mais explicações o mandou sair. Sentaram-se em uma sala de espera cercadas por outras pessoas em busca de atestado. Um casal de mãos dadas que se revezava para fazer carinho em seu bebê com síndrome de Down, uma mãe idosa que arrastava uma filha que cobria o rosto com a bolsa como se fosse uma atriz que não queria ser reconhecida, um homem sem as duas pernas em uma cadeira de rodas. Elena os via de soslaio, inventava histórias que não conhecia a partir de seus sapatos, do movimento de seus pés, se conseguiam movê-los, ou de sua quietude, se não conseguiam, e quando o que ela conseguia ver ou o que a sua imaginação completava não era suficiente ela perguntava a Rita, cala a boca, mamãe, você ia gostar que falassem assim de você?

Todos os acessos tinham rampas, todas as salas tinham placas indicando o cargo ou o nome de quem estava atrás das portas, nas paredes havia pôsteres com instruções que resolviam qualquer problema que pudesse aparecer durante o processo. Não tiveram de esperar muito, logo foram atendidas por uma médica que em menos de três minutos leu a pasta que continha as cópias do documento de identidade de Elena, do cartão da assistência social, do último recibo da aposentadoria, o histórico clínico que a secretária do doutor Benegas havia xerocado para elas, os formulários preenchidos e assinados, e sem levantar os olhos para Elena carimbou sua assinatura no papel que de agora em diante diria, a quem quisesse saber, que Elena era deficiente. Parkinson, escreveu em um dos campos do formulário. É só isso?, perguntou Rita ao receber o papel, sim, é só isso, disse a médica, o caso da sua mãe é muito claro, não deixa dúvidas, é que sempre nos enrolam tanto para tudo, doutora, aqui?, não, aqui não, na assistência social, nos hospitais, ah sim, confirmou a médica, eles acham que vocês vão se cansar e desistir de pedir, não dê esse gostinho a eles, disse ela, não vou dar, doutora, fique tranquila, quando sair não esqueça que podem fazer o atestado para o carro, e procurem o consultor jurídico para que ele lhes esclareça qualquer dúvida. Não tinham carro, portanto não precisavam nem de permissão de estacionamento nem de autorização para não pagar o emplacamento, por isso foram ouvir o consultor. Dividiram uma sala com o casal do bebê com síndrome de Down e com uma garota que acompanhava outra garota cega. O advogado lhes sugeriu que antes de tudo plastificassem o atestado, e o guardassem a sete chaves, não é agradável ter que fazer toda essa papelada de novo. Elena pensou que, apesar de não conseguir ver o rosto dele, o advogado devia ser um rapaz muito bonito, e que bom que se preocupava com ela e com o tempo que havia perdido naquele trâmite. Quem quiser o adesivo para vagas especiais e a isenção da taxa de emplacamento pode dar entrada hoje mesmo, disse o consultor e, mesmo sem ver, assim como a garota cega não conseguia ver, Elena soube que ele olhou para cada um, a lei que os ampara é a 22.431, nossos telefones para qualquer consulta estão aqui, disse apontando para um número num atestado-modelo que depois sublinhou com caneta azul no documento de cada um, e o mais importante que tenho a dizer a vocês é que de agora em diante, ninguém, em assistência social alguma, ou em hospital algum, pode tentar cobrar ou atrasar a autorização da medicação ou dos tratamentos previstos para a deficiência de que padecem, já que a partir de hoje esses gastos não são cobertos por eles, mas sim pelo Estado. Essa frase deixou claro porque para o Escritório Central do plano não bastava olhar para Elena para ver sua deficiência. Pagamento na entrega. O advogado apertou a mão de cada um deles, Elena escondeu seu lenço embolado dentro da manga do suéter e estendeu a sua. Ficaria apertando aquela mão suave e também forte por muito tempo, mas Rita a apressou, vamos, mamãe, que o doutor precisa cumprimentar todo mundo, agarrou-a pelos ombros e a levou. Quando estavam saindo o advogado chamou o casal com o bebê, fiquem mais um minuto que quero falar com vocês. Ele é bom, eu te disse que ele era bom, disse a Rita, mas ela estava alguns metros adiante e não a ouviu.

Elena saiu de Ramsay chorando, quando entrou no furgão Roberto Almada lhe perguntou, o que houve, Elena, por que está chorando?, eles me trataram bem, garoto, ela respondeu, e não conseguiu dizer mais nada.

Depois de obter o atestado de deficiência as brigas com as garotas do plano se espaçaram, não houve mais tantas recusas, afinal não eram eles que estavam pagando, e isso fazia com que Rita não tivesse motivo para esfregar sua raiva na cara delas. Até aquela tarde em que pediu que autorizassem duas caixas de Madopar juntas, o doutor Benegas ia viajar para um congresso e não queria que Elena ficasse sem sua medicação. Entregou a receita à funcionária que costumava atendê-la, esta receita não diz tratamento prolongado, e?, não posso autorizar duas caixas se não diz tratamento prolongando, a receita diz duas caixas, sim, sim, diz duas caixas mas não explicita "tratamento prolongado", mas se o Parkinson não tem cura, como não vai ser prolongado, precisa pedir ao médico para escrever tratamento prolongado de próprio punho, punho é o que eu vou dar na sua cara se continuar criando problema, eu estou apenas cumprindo com o meu trabalho, não me venha com essa história de obediência, se o seu superior te dá uma ordem idiota e você acata é porque você é idiota também, e lamento informar, mas idiotice também requer tratamento prolongado mesmo que ninguém escreva isso de próprio punho. E então Rita arrancou a receita das mãos dela e saiu intempestivamente, esquecendo-se na pressa de que sua mãe estava com ela, sentada na recepção, esperando-a. Nenhuma das três atinou em dizer ou fazer qualquer coisa. Permaneceram assim, como Rita as deixara, as funcionárias atrás da mesa, e Elena na frente delas, torta, com a cabeça baixa, babando na camiseta de modal que havia comprado com a última aposentadoria. Elena pensou que as garotas do plano deviam estar incomodadas com ela sentada ali, de frente para a mesa, tentou se levantar mas não conseguiu. O telefone tocou, nenhuma das duas funcionárias atendeu. Elena se balançou mais uma vez e com esforço ficou de pé, agarrando-se ao encosto da cadeira. A cadeira deslizou e Elena deslizou com ela, umas das funcionárias saiu de sua imobilidade e correu para ajudá-la. Nesse momento a porta se abriu e Rita entrou como um furacão, não se atreva a tocá-la, avisou, a funcionária soltou Elena, que cambaleou novamente. Vamos, ordenou sua filha, bem que eu gostaria, respondeu ela.

5

Elena se deixa levar. Adianta a medicação alguns minutos. Sabe que pode fazer isso, que embora Ela, a doença filha da puta, não goste, ela pode administrar seu tempo à custa de comprimidos, só um pouco, mas pode. Abre a bolsa, tateia o interior e pega um pedaço do sanduíche de queijo que colocou ali de manhã, sabe que é mais fácil quando o comprido se confunde com a massa molhada, por isso o trouxe, por isso carrega esse pedaço de pão com queijo junto à carteira e às chaves de casa. Mastiga, engole, algumas migalhas caem no chão do táxi e Elena se apressa em cobri-las com o tapete de papel para que o taxista não as veja. Quando termina de mastigar abre novamente a bolsa, procura, pega o porta-comprimidos e o suco de caixinha, rasga a embalagem do jeito que dá e tira o canudinho plástico, pega o comprimido da vez e o mete no fundo da boca, apertado entre o polegar e o indicador. Apoia-o na língua. Crava o canudinho na caixa e suga fazendo barulho. O comprimido não chega à garganta, não passa pela campainha. Suga de novo. O taxista fala alguma coisa, ela o ignora, respira fundo pelo nariz para não sufocar. Uma buzinada a faz estremecer, e mais uma buzinada, será possível, se pergunta quem dirige o táxi, se Elena pudesse ver saberia que ele estava se referindo ao homem que não chegou ao outro lado da avenida antes de o sinal mudar de cor, e o pior é que se eu encosto nele preciso pagar mesmo estando certo. Ela suga de novo, aperta a caixinha de papel para fazer o suco subir, e embora o comprimido não consiga descer começa a se dissolver com tanto líquido. Se pudesse apenas inclinar a cabeça para trás conseguiria, mas não pode, ela não, seu corpo não lhe permite esse pequeno solavanco que qualquer um faz para engolir uma aspirina, então se inclina de lado no banco, desliza para que o comprimido consiga ultrapassar aquela curva que não está ultrapassando, e desta vez consegue, agora sim, o comprimido raspa sua garganta e desparece, mas ela, relaxada, cai sobre o próprio braço que ainda segura a caixinha de suco, tenta aprumá-la para que não derrame, fica deitada de lado. Espera. Uma mão tenta limpar o vidro do para-brisa dianteiro, Elena consegue vê-la por entre o espaço que separa um banco do outro, mas o taxista aperta outra vez a buzina, desta vez sem parar, até que a mão limpa o detergente que jogou no vidro e desaparece. Elena não vê de quem é aquela mão, certamente de alguém jovem porque é pequena, porque não tem rugas, mas são tudo suposições, de sua posição ela só pode ter certeza do que vê no teto sujo do táxi que a leva, que absurdo, diz o taxista, e Elena não imagina de que absurdo o homem está falando, por isso não responde, tenta esticar o braço esmagado para que não fique dormente, pressionado pelo peso do seu corpo, consegue com esforço e se sente aliviada por essa pequena vitória sobre Ela. O taxista liga o rádio e isso lhe dá esperanças, acredita que a voz o manterá calado mas está enganada, porque o locutor fala das mesmas coisas que o taxista, como se o conhecesse, vocifera com ainda mais afinco, raivoso, encena sua raiva para que não restem dúvidas, é isso mesmo, apoia o taxista e a procura pelo espelho, deixou cair alguma coisa?, pergunta ele, fui eu que caí, responde Elena, tudo bem?, muito bem, muito bem, diz ela de sua posição, precisa de ajuda?, não, não, já tomei a medicação, quer que eu pare?, não, quero que siga em frente, não vai colocar pra fora, né?, colocar o quê?, vomitar, senhora, rapaz, mas o que é isso, estou doente, só isso, o que a senhora tem?, Parkinson, diz Elena, ah, Parkinson, repete ele, uma vez me disseram que talvez eu tivesse isso mas não, era por causa da bebida, a tremedeira que eu tinha era da bebida, gosto de beber, ah, que bom, diz Elena, mas a minha mulher me deu um ultimato, ou paro de beber ou ela me dá um pé na bunda, as mulheres são assim, taxativas, elas pensam que mandam, e a gente deixa que acreditem, mas assim, quando estou trabalhando não, quando estou trabalhando quase nunca bebo, mas gosto de beber, o que é que eu posso fazer. E Elena pensa que ela não sabe se gosta, mas que nunca bebe. Pensa no vinho que não bebe enquanto observa uma aranha andar de uma costura a outra no teto. Deveria ter se embriagado alguma vez na vida, e aprendido a dirigir, e usado biquíni, pensa. Um amante, também deveria ter tido um amante, porque o único sexo que conhece é o que fez com Antonio, e isso era um orgulho, ter sido apenas de um homem, mas hoje, velha e dobrada, caída sobre o próprio braço, sabendo que nunca mais haverá sexo para ela, Elena não sente orgulho, sente outra coisa, também não é pena, nem chateação, sente um sentimento cujo nome desconhece, aquilo que alguém sente quando se percebe idiota. Ter guardado a virgindade para quem, ter sido fiel por quê, ter permanecido casta depois de enviuvar por que motivo, com que esperança, acreditando em quê. Nem virgindade nem fidelidade nem castidade têm hoje o mesmo significado para ela, deitada no banco daquele táxi. Nem sexo. Ela se pergunta se poderia fazer sexo com alguém se quisesse. Pergunta-se por que não quer, se por causa do Parkinson, da viuvez ou da idade. Ou por falta de costume depois de tanto tempo sem sequer pensar nisso. Ela se pergunta se uma mulher com Parkinson que quisesse fazer sexo conseguiria. Ri ao se imaginar fazendo essa pergunta ao doutor Benegas na próxima consulta. E um homem com Parkinson?, conseguirá um homem com Parkinson fazer amor?, conseguirá penetrar uma mulher? Para um homem deve ser mais difícil, pensa, porque não se trata só de deixar fazer. Será que um homem doente como ela programa o sexo em função dos horários dos remédios que toma? Sente pena desse homem que não conhece, sente compaixão, fica feliz de não ser homem. Começa a tocar um bolero no rádio e o taxista cantarola. *Bésame mucho*, diz o cantor e o taxista responde, *como si fuera esta noche la última vez*. Cantarola um pouco mais e quando se dá conta de que não sabe a letra além disso volta à história do vinho e da bebida, minha mulher me põe pra fora se eu continuar bebendo. A última vez que Elena bebeu foi um vinho espumante com gosto de morango que Roberto Almada levou na primeira vez que foi jantar em sua casa. Era a "apresentação oficial", embora se conhecessem desde sempre, quem iria suspeitar que o corcundinha acabaria sendo quase da família, não é, Rita?, não o chame de corcundinha, a verdade não ofende, claro que ofende, mamãe, quer ver se ofende? Mais que qualquer outra coisa, foram as certezas que uniram Roberto e Rita, aquelas que os faziam afirmar como verdades absolutas os conceitos mais variados, arbitrários, clichês. Certezas a respeito de como se deve viver coisas que eles nunca viveram, de como se deve andar pela vida nos caminhos que eles andam e nos que não, que apregoam o que se pode e o que não se pode fazer. A primeira, a mais profunda, gravada a fogo em alguma parte do pacto secreto que une uma pessoa àquela outra a que está destinada, o medo de igrejas. E no caso de Roberto o pavor não se limitava aos dias de chuva, mas a qualquer situação climática. Vinha da infância, dos tempos em Lima, quando sua mãe, Marta ou Mimí, como pedia para ser chamada desde que voltaram, fora atrás de um namorado dançarino de tango que não era seu pai, um que viera fazer um show beneficente no Clube Esportivo em cujo bar ela atendia aos domingos e feriados. Carregou o garoto com ela, quem iria pegá-lo se desde bebê já dava para ver a corcunda, chega, mamãe, e em pouco tempo o dançarino se cansou dos dois e os largou sem um tostão naquele país ao qual nada os unia a não ser o tesão da mãe. Lá ela aprendeu o ofício de cabeleireira, antes só sabia o de manicure, e se instalou em Barranco, num quarto alugado por uma colega da escola onde ensinavam a pentear, cortar, pintar. O lógico seria que tivessem voltado, mas ela não estava disposta a mostrar o fracasso que o rápido regresso teria tornado evidente, por isso, apesar de no Peru mal terem para comer, ela permaneceu com seu filho naquela cidade sempre coberta de nuvens e sem chuva, onde o mar a fazia lembrar todos os dias como eram pequenos. Os anos foram passando sem que eles se dessem conta, o garoto cresceu e com ele sua corcunda, e enquanto seus amigos levavam as garotas à ponte dos suspiros para lhes mentir amor eterno, ele ia dia sim, dia não à mesma ponte, sozinho, para olhar de longe a igreja La Ermita, aquela cujo sino diziam ter caído depois de um terremoto e esmagado a cabeça do padre. Uma mancha na calçada, que cada um localizava onde queria, lembra a marca da massa encefálica gravada para sempre, o cérebro do padre esparramado. Se você se comportar mal o padre sem cabeça vai te levar, dizia a velha que cuidava dele enquanto sua mãe trabalhava ou fazia seja lá o quê. E Roberto cresceu com pavor não do padre, já que ele não se comportava mal, mas dos campanários, calculando a probabilidade de que outro sino caísse e matasse alguém, afastando-se sempre o suficiente para que o próximo decapitado não fosse ele. Para Roberto não importava que não houvesse antecedentes de terremotos na Grande Buenos Aires, ainda assim não chega perto de igreja alguma. Portanto, Roberto não poderia ter matado e pendurado Rita no campanário, porque além do fato de não ser páreo para ela, tão mais forte que seu pretendente, Roberto também não chega perto de uma igreja, Elena sabe. Apesar de a polícia ter se concentrado em aspectos menos profundos para considerá-lo livre de suspeitas, como por exemplo que ele esteve o dia inteiro no banco em uma auditoria interna, fazendo um balanço de caixa, com mais de vinte pessoas que podem testemunhar a seu favor, como disse o delegado quando ela insistia na tese de assassinato, suspeitos e suas motivações. Não tem ninguém para acompanhá-la, senhora?, pergunta o taxista no momento que a aranha desaparece pela fresta da janela, não, não tenho, diz Elena, sozinha no mundo?, sim, taquipariu, e ainda tem gente que reclama!, eu tinha uma filha mas ela foi morta, Elena se ouve dizer quase sem pensar, não dá mais para viver neste país, senhora, a pessoa sai na rua e é morta, é assim, diz o taxista. Mas para ela não importa que o taxista tenha entendido qualquer coisa quando disse, eu tinha uma filha mas ela foi morta, nem importa quem é esse nós em que o taxista inclui a ela e a seu corpo, Elena gostaria que ele se calasse, um pouco, mais um bolero, para poder se concentrar em sua tarefa particular, em mover esse corpo que faz tempo, ela sabe, não lhe pertence.

Embora Elena não veja, o táxi avança pela Libertador em frente ao Hipódromo, é meio-dia e calcula que o sol deva estar exatamente em cima dela, esquentando a chapa do teto. A freada de um ônibus ao lado deles a assusta, mas logo se dá conta de que não é nada, que é só um barulho, que um barulho não significa nada além disso, e se concentra em seus assuntos, no fato de que daqui a alguns quarteirões terá chegado ao seu destino e esse corpo que a aprisiona terá de se mexer, terá de se colocar novamente em movimento. Tenta dar a ordem e se fazer ouvir. De sua posição horizontal levanta o pé direito, apenas alguns centímetros, o abaixa, depois o esquerdo. Os dois respondem, tenta de novo, direito para cima, depois para baixo, esquerdo para cima, para baixo, e de novo, e mais uma vez. Depois descansa, apesar de não poder se levantar de onde está sem que alguém lhe dê uma mãozinha sabe que está pronta, que quando o táxi chegar ao seu destino só precisará de um ponto de apoio para segurar, puxar e se levantar, uma mão, uma vara estendida, uma corda, e novamente poderá andar, um pé diante do outro, um tempo, entre um comprimido e outro.

6

Mimí tampouco poderia ter matado Rita, Elena sabe, por isso nunca sugeriu a Avellaneda que a incluísse em sua lista inútil. Embora provavelmente ela tenha querido, Elena pensa, ninguém é culpado por querer matar uma pessoa, mesmo que essa pessoa seja o filho de alguém. Ninguém vai preso pelo que pensa nem pelo que sente, só pelo que faz. Às vezes pelo que faz. E Mimí não fez aquilo, ainda que certamente tenha em algum momento desejado a morte de Rita, a mulher que um dia levaria, sobre o meu cadáver, a única coisa que tinha na vida, aquele filho corcunda e devotado, unido a ela como um apêndice que está apodrecendo mas que ninguém se atreve a extirpar. Mimí não poderia tê-la matado porque Elena esteve com ela em seu salão, antes, durante e depois do momento que Rita morreu pendurada no sino da igreja, respirando o último sopro que entraria em seus pulmões para todo o sempre.

Tinha sido ideia de Rita. Elena nunca teria cogitado desperdiçar uma tarde inteira de sua vida naquele lugar coberto de espelhos e pôsteres amarelados pelo tempo que mostram mulheres com penteados fora de moda. Nem naquele salão nem em nenhum outro. Rita esgrimiu diferentes argumentos para que a mãe aceitasse os serviços que agendara para ela: lavagem, corte, tingimento, escova, manicure, pedicure, depilação de buço. E tinha organizado o cronograma respeitando a frequência dos comprimidos de maneira que não faltasse levodopa no corpo de Elena. Não reclame que depois você vai se sentir melhor, mas eu não estou me sentindo mal, só as unhas do pé me incomodam, você pode cortá-las para mim na semana que vem, é verdade, mamãe, apesar de eu ter nojo posso cortar as suas unhas, poderia cortar hoje mesmo, mas e depois?, depois o quê?, e depois das unhas?, não sei pintar o cabelo, nem cortar, precisa disso tudo, Rita?, pergunta ela e sua filha a encara por um instante antes de dizer, você se olhou no espelho, mamãe?, não, responde Elena, dá para ver, mamãe, fique na frente do espelho algum dia, eu fico na frente do espelho do banheiro mas não consigo me ver, só vejo as torneiras e a pia, pega ele, mamãe, tira o espelho da parede, coloca na sua frente, olhe-se, e você vai entender, por que você se preocupa tanto com a minha aparência, Rita?, o problema não é a sua aparência, mas quem vê você. E Rita diz para si mesma, sou eu que te vejo, todos os dias, mamãe, vou até a sua cama para te fazer levantar e vejo a sua cara sem a dentadura, seus olhos abertos inexpressivos, tomo café da manhã, almoço e janto vendo você e sua boca aberta cheia de baba grossa que se mistura à comida, aquela papa imunda, coloco você na cama à noite e trago o copo para você colocar os seus dentes ali de novo, mas você tem dificuldade para enfiá-los então preciso tocar neles, segurá-los e colocá-los no copo com as minhas mãos, adormeço mas o dia não termina porque às duas ou às três você me chama para te levar ao banheiro, e eu te levo, e abaixo a sua calcinha, e a subo, não te limpo, é verdade, não posso te limpar, isso não, mas faço você se sentar no bidê, e entrego a toalha, e a recebo de volta úmida, aperto a descarga para que a água leve a sua urina, deito você de novo, te ajeito, você me olha da cama, sem dentes, com os olhos espantados sem espanto e esse bigode que cresce em você feito mato, e estou quase de saída mas você me chama, de novo, para ajeitar os seus pés, ou o lençol, ou o travesseiro, então eu volto, e de novo te vejo, e de novo sinto aquele cheiro de xixi que nunca some porque é seu, porque está impregnado na sua pele, e ouço você respirar com aquela respiração cansada, rouca, apago a luz na sua mesa de cabeceira e antes de fazer isso encontro novamente os seus dentes, aqueles que eu mesma coloquei dentro do copo, com as minhas mãos, olho para elas mais uma vez, limpo-as na minha roupa, sinto o cheiro delas, elas cheiram a você. E então Rita diz à mãe, eu, mamãe, o problema é que eu te vejo, e vai mudar o que se eu for ao salão?, nada, você tem razão, se depender de você nunca nada vai mudar, mas você vai mesmo assim e algo vai mudar. Ela a levou arrastada e a deixou sentada na cadeira de vime da recepção. Não cumprimentou ninguém, nem mesmo Mimí, estava mais mal-humorada do que de costume. Vou deixar ela aqui, disse, e se foi. Elena ficou parada, esperando, os olhos fixos no tapete de juta coberto de pó de vários meses e cabelos de diferentes tonalidades. Sobre a mesa de centro conseguiu ver uma pilha de revistas desbotadas que algum dia foram de atualidades, e outra pilha de folhetos de comida natural, mel de abelha-rainha, sachês de *aloe vera* e produtos similares que prometiam melhorar a saúde de quem os experimentasse. Exceto a dela, Elena sabe, para ela não há promessa que valha. Ela se esticou e pegou uma revista qualquer, folheou-a fingindo ler enquanto esperava. As páginas estavam grudadas e viravam juntas, então Elena umedeceu o dedo indicador para virá-las, transgredindo, afinal, Rita não estava lá para repreendê-la, para dizer, não seja nojenta, mamãe, mas, filha, você não percebe que por causa do Parkinson eu tenho dificuldade de virar as páginas, para de dar desculpas, mamãe, que você sempre fez isso, não queira culpar a doença pelo que é culpa sua. Havia uma música ambiente, uma tentativa distorcida de concerto de piano que saía das duas caixas de som penduradas nos cantos do salão. O cheiro do xampu e dos cremes se misturava ao da tintura e ao da cera quente numa miscelânea que Elena não conseguia decidir se era agradável ou não. Era assim, o cheiro. Assim. Uma garota veio buscá-la quando estava quase acabando de virar todas as páginas da revista. Por aqui, vovó, vovó o cacete, respondeu Elena, mas riu antes que a garota reagisse, faz tempo que aprendeu que uma piada pode encobrir qualquer insulto e abortar qualquer irritação, vovó o cacete, repetiu, e estendeu a mão para receber ajuda e se levantar. A garota a puxou, mas não foi suficiente. Veio outra e a empurrou por trás, agarrando-a por baixo dos ombros, disse que sabia como fazer, que tinha cuidado de sua avó até o dia que ela morreu. Quando ficou de pé, embora não fosse necessário, elas a levaram, cada uma de um lado, até a cadeira que lhe correspondia, sustentando-a pelo antebraço como se fossem um encosto móvel. Primeiro pintaram seu cabelo, antes a encheram de toalhas ao redor do peito, a vestiram com uma capa plástica preta, aberta na lateral, não consegue mesmo levantar nem um pouquinho a cabeça, Elena?, reclamou Mimí, e Elena tentou, mas assim que a cabeça subia caía outra vez em sua posição de sempre, onde Ela mandava cair, aquela doença filha da puta. Ficou vinte minutos em um secador com um jato de ar quente batendo exatamente em sua nuca. Tirar o excesso da tintura na pia foi o momento mais difícil. Tentaram em três, uma a sustentava, a outra segurava seu pescoço e o empurrava para trás, a terceira esperava com os braços abertos sem fazer nada, como se sua função fosse de alerta, estar atenta ao fracasso e agir para evitar uma catástrofe. Não deu certo. Apesar das instruções precisas dadas por Mimí do patamar da escada que levava à sala de massagem. Ficou irritada com suas funcionárias, colocou ela mesma a mão na massa, mas não houve jeito. Acabaram trazendo uma bacia e despejando água com uma chaleira, tiveram que encher a chaleira mais duas vezes, Elena respirava o mais fundo que conseguia entre um jato e outro, até os vestígios da cor desaparecerem e só se ver cair água limpa na bacia que apoiava na própria saia. Estou cansada, melhor continuarmos outro dia, sugeriu Elena, não, não, não, disse Mimí, não me faça ficar mal com a minha futura nora. Mentiu, Elena sabe, ela estava pouco se lixando para a sua filha, Rita me pediu um serviço completo e a senhora não sai daqui até ficar zero-quilômetro, zero-quilômetro, repetiu Elena, quer descansar um pouco na maca de massagem?, não, obrigada, olha que a menina pode fazer em você uma massagem relaxante que, já disse que não. Ofendida, Mimí a levou pelo braço de volta ao salão, penteou-a, desfez os nós em silêncio, e só depois de descontar a ofensa em centenas de passadas de pente disse, olha, quando eles nos fizerem avós, e mais uma vez ela não acreditou, se havia uma coisa que aquela mulher não queria era entregar seu filho a Rita e que dessa união nascesse um neto, Rita tem 44 anos, ponderou Elena, e?, desafiou Mimí, acho que ela não pode mais transformar ninguém em avó, bah, não diga bobagens, Elena, não viu no noticiário a mulher que pariu aos 65? Sessenta e cinco é quase a minha idade, me falta um ano e meio mas, disse ela deixando o mas no ar, e fez-se silêncio, 65 é quase a minha idade, disse novamente e nem Mimí nem ninguém se atreve a dizer nada, surpreendidas por um número que não correspondia àquela mulher. Mudaram de assunto, Elena parou de ouvi-las. Estava claro que aquela mulher parturiente tinha a sua idade, mas não um corpo como o seu. Será que uma mulher com Parkinson conseguiria dar à luz?, perguntou-se, haverá espaço para abrigar um filho em um corpo dobrado?, conseguiria empurrar?, conseguiria amamentar?, faria mal ao feto a medicação que inevitavelmente precisaria tomar? Ela se perguntou se quando Rita nasceu já teria sem saber aquela doença filha da puta dentro de si, como uma semente, esperando cair em um terreno fértil para germinar. Pensou na doença como um filho de seu próprio corpo. Ela se perguntou se sua filha carregaria aquela outra semente e se, um dia, a semente germinaria e sua filha padeceria do que ela padece. Uma pergunta inútil porque, embora Elena ainda não soubesse, não haveria nenhuma semente capaz de germinar no corpo da filha quando a tarde chegasse ao fim.

O buço foi o mais simples, a depiladora se agachou na frente de Elena com o palitinho besuntado de cera quente e, enquanto empurrava a cabeça de Elena para cima com a mão esquerda na testa, com a direita espalhava a cera no bigode virando o palito como se o estivesse amassando. O puxão não doeu, mas os pelinhos que resistiram a mulher tirou caprichosamente com uma pinça, não precisa disso tudo, menina. Os pés e as mãos foram feitos pela própria Mimí. Elena se dedicou a observá-la, agora que conseguia graças à posição adotada pela mulher para fazer seu serviço, agachada na frente dela, quase da sua altura. Essa mulher não quer que minha filha se case com seu filho, assim como eu também não quero, pensou, no fundo somos parecidas, e riu consigo mesma da impressão que aquela frase teria causado em Mimí se Elena tivesse ousado dizê-la em voz alta, que ela e Mimí eram parecidas.

Na hora que a mulher enfiou seus pés na água quente, Rita certamente já estava pendurada no campanário da igreja. E como a tarde estava acabando, enquanto a dona do salão lixava os calos, sua ajudante cortou o cabelo e o escovou ao mesmo tempo que davam um jeito em seus pés, me desculpe, Elena, mas se não for assim, não saímos daqui hoje. Quando ficou pronta elas a ajudaram a se levantar, novamente em três. Precisa vir com mais frequência, disse Mimí, seus pés estão um horror, como consegue calçar sandálias com esses calcanhares?, calçando, respondeu, ou Rita me calça quando não tem jeito, passe pelo menos um creme à noite, Elena, isso ajuda na aspereza. E apesar de Elena não ter demonstrado nenhum entusiasmo com o tema dos calcanhares, Mimí disse, vou te mandar um creme de calêndula pelo Roberto, vai apodrecer de velho, pensou Elena, que não estava disposta a acrescentar mais uma tarefa à interminável lista de esforços diários: andar, comer, ir ao banheiro, se deitar, se levantar, se sentar em uma cadeira, ficar de pé, tomar um comprimido que não passa pela campainha porque não consegue inclinar o pescoço, beber de canudinho, respirar. Não, definitivamente não iria passar creme de calêndula nos calcanhares.

Quando ficou pronta, Mimí a levou com ela e a colocou em frente a um espelho de corpo inteiro. Veja, Elena, disse, parece outra pessoa. E Elena, para não a contrariar, virou a cabeça de lado e tentou se olhar pelo canto do olho. Uma mecha de cabelo caiu bem na frente do olho, mas uma das garotas, atenta ao resultado de seu trabalho, apressou-se em prendê-la com um grampo e borrifá-la com spray. Conseguiu ver alguma coisa, o suficiente para poder comparar seu corpo com o corpo daquela outra mulher, aquela que no fundo se parece com ela, apenas um ano ou dois mais nova. E então, Elena, como se sente? Velha.

7

O táxi vira na Olleros conforme Elena indicou, e sobe dois quarteirões, são dois ou três, não me lembro, explica ela, e o taxista entra à direita assim que a mão da rua permite, me avise se vir alguma porta de madeira com ferragens de bronze, diz Elena, ainda deitada no banco de trás com os olhos fixos no teto do carro, alguma outra pista, senhora?, e uma clínica ou consultório médico, acrescenta ela, vou narrando, senhora: quitanda, imobiliária, prédios residenciais, restaurante mexicano, como se precisássemos de comida estrangeira com o que temos por aqui, reclama o homem e continua, um caixa 24 horas, um bar e acabou o quarteirão, nada de clínica, e ferragens de bronze?, pergunta Elena, vamos ver, espere, ei, senhor, tem alguma clínica por aqui?, clínica?, repete a voz da pessoa questionada pelo taxista, por aqui que eu saiba não, tem um hospital na José Hernández, não, não, tem de ser neste quarteirão ou no próximo, insiste o taxista, não, por aqui não há nada, e ferragens de bronze?, pergunta Elena, mas nem o taxista nem a voz respondem, em vez disso a voz grita, María!, tem alguma clínica neste quarteirão ou no próximo?, ou consultório médico, acrescenta o taxista, tinha um consultório médico alguns anos atrás, responde uma voz de mulher, não, María, quando foi que teve consultório aqui?, antes de você se mudar, mas eu estou aqui há mais de dez anos, então foi há onze, onde?, onde agora é o mexicano, está vendo!, tiraram o consultório pra colocar aquela comida de merda, reclama o taxista, e a voz responde, isso porque os do lado não quiseram vender senão teriam colocado mais uma torre como fizeram com o estacionamento, e onde é que vamos enfiar os carros de toda essa gente? O taxista estaciona em frente ao restaurante mexicano, em local proibido assinalado por uma faixa amarela. Ao lado do restaurante, mal dá para notar uma porta de madeira com ferragens de bronze. Vai precisar me dar uma mão para eu descer, diz Elena. O homem olha para trás e estica o braço, mas logo percebe que isso não vai ser suficiente. Ele abre a porta e sai, bufando. Dá a volta no táxi, mas para e volta a fim de tirar a chave da ignição, só faltava eu ser roubado. Abre a porta de Elena, estende a mão e ela a agarra, mas ele não puxa, espera que ela o faça. Puxa, diz Elena, e faz um gesto com o braço que não passa de uma tentativa de ajudar o homem a entender o que precisa fazer. O taxista entende e puxa. Ela fica de pé, cambaleia, usa como alavanca o apoio de cabeça do banco, que se inclina, o taxista o põe de volta no lugar com a mão livre e termina de colocá-la na calçada. Elena se ajeita, abre a carteira e pergunta, quanto devo?, o taxista se inclina para ver o valor no taxímetro e diz 22,50. Elena abre a bolsa e procura, encontra uma nota de vinte e duas de dois, fique com o troco, diz, obrigado, responde o homem e pergunta, posso ir?, sim, claro, já me trouxe, responde Elena ainda de pé exatamente onde o taxista a deixou. O homem contorna o carro novamente e se senta. Assim que Elena dá o primeiro passo o motorista arranca e se esquece dela. Elena não o vê ir embora, mas o imagina, cantarolando outro bolero ou conversando com o locutor, reclamando com ele, xingando e buzinando para quem anda na frente dele sem pressa fazendo-o parar na esquina seguinte em um sinal vermelho.

Elena anda até a frente do restaurante mexicano, e então vira e segue caminhando colada à parede na mesma direção da qual veio o táxi, arrastando os pés, mas andando. O tijolo quente arranha seu braço mas ela não liga, porque chegou, porque está lá. Assim que a parede do restaurante termina aparecem as dobradiças de uma porta de madeira, e alguns passos adiante uma maçaneta e ferragens de bronze polido. Elena dá mais alguns passos e as alcança, as acaricia, as alisa como se as estivesse polindo, fecha os punhos ao redor das argolas penduradas, só porque são elas, as mesmas que Isabel agarrou naquela tarde, e implorou, e pediu, não me obriguem a entrar, e Elena agradece por em vinte anos ninguém ter decidido trocá-las por outras, porque graças a isso, graças a elas, Elena sabe, chegou ao lugar que saiu a procurar esta manhã quando pegou o trem das dez.

III

TARDE
(QUARTO COMPRIMIDO)

1

Elena conheceu Isabel vinte anos atrás, na tarde em que Rita a arrastou para dentro de sua casa. Fazia frio, ela estava sentada tricotando ao lado do aquecedor; um tacho com água quente e casca de laranja perfumava a casa. A porta se abriu de repente, como se Rita a tivesse chutado, as mãos ocupadas carregando a mulher. Entrou de costas, primeiro o próprio corpo e em seguida o outro, aquele que ela arrastava. Quem é essa mulher?, perguntou Elena, não sei, respondeu a filha, como assim não sabe, filha?, ela está passando mal, mamãe, disse Rita e empurrou a mulher até enfiá-la em seu quarto e deitá-la em sua cama. A mulher chorava e desmaiava intermitentemente. Pega uma bacia ou um balde, mamãe. Elena levou o que ela pediu, Rita o colocou no chão na altura do rosto da mulher, se ela for vomitar de novo, explicou. Depois foi até a janela, fechou as venezianas de madeira e acendeu a luz. Chamo um médico?, perguntou Elena, mas Rita não respondeu, voltou para onde a mulher estava, jogou o conteúdo de sua bolsa sobre a cama e o revirou. O que você está fazendo?, procurando, o quê?, um número de telefone, um endereço, por que não pergunta pra ela, porque ela não me responde, mamãe, não está vendo que ela não responde?, ela está chorando, disse Elena, sim, agora está chorando. Sobre a colcha, uma caixa de Valium, uma carteira, papéis, dois envelopes, moedas soltas e um batom que saiu rolando e que Rita resgatou logo antes de cair no chão. Elena foi até a cama, ainda dona de seu corpo, vinte anos atrás, sem arrastar os pés, com a cabeça erguida. A mulher estava chorando abraçada ao travesseiro, cobrindo o rosto com ele. Elena perguntou mais uma vez, quem é esta mulher?, por que você voltou?, e desta vez sua filha lhe contou. Rita a encontrara a caminho do colégio paroquial, quando estava voltando do almoço com a mãe como todos os dias, andava apressada para chegar no horário e cumprir com seu trabalho, tocar a sineta que anunciava o turno da tarde, mas nunca chegou a dar o sinal, porque lá estava Isabel, na outra calçada, aquela em que ela não pisava, aquela que também não deixava que Elena pisasse, aquela onde os ladrilhos desenhavam um tabuleiro de xadrez. Isabel, agarrada a uma árvore, dobrava-se sobre si mesma e vomitava. Rita sentiu ânsia de vômito e apertou o passo tentando não olhar para ela. A imagem lhe dava nojo, mas aos poucos o nojo foi diminuindo e deu lugar a outra coisa, não sabia o quê, algo que a fez parar, um chamado, mamãe, foi um chamado, ela ia entrar, está grávida, eu disse a mim mesma, e vai entrar, virei, dei meia-volta, refiz meus passos, ofereci ajuda sem subir na calçada, não, obrigada, não preciso de nada, ela me disse em meio ao vômito, e eu disse a ela, nesse estado você não pode dar nem mais um passo, e ela insistiu, não preciso andar muito. Segurava um papel com um endereço, e um nome, você sabe que nome, mamãe, Olga. Então Rita disse a ela não, não o quê?, não faça isso, vai se arrepender, e o que é que você sabe sobre isso, todas as que vêm aqui se arrependem, como é que você sabe?, eu sei, não se meta, é pecado mortal, não acredito em Deus, pense no seu filho, não tenho filho, vai ter, não, você está carregando uma vida, estou vazia, quando ouvir o coração batendo você vai amar ele, você não sabe de nada, não mate ele, vai embora, não tire o seu filho, não existe filho nenhum, existe sim, para que exista um filho é preciso que exista uma mãe, você já é mãe, eu não quero ser mãe, esta mulher falava que não quer ser mãe, mamãe, você acredita?, mas eu disse a ela, essa decisão não é sua, e é de quem então?, ela se atreveu a perguntar, mamãe, e eu gritei, tem um filho dentro de você, não tenho nada dentro de mim, ela repetiu, mas eu também insisti, disse a ela, o coração dele está batendo, e ela, não há filho nem mãe, não mate ele, cala a boca, você vai viver pra sempre com essa culpa, e como é que vou poder viver se não fizer isso?, nenhuma das que fazem se esquece, não se pode obrigar ninguém a ser mãe, devia ter pensado nisso antes, sempre pensei, nunca quis ser mãe, mas você é, não, não sou, elas escutam um bebê chorando todas as noites, quem é você pra saber, os bebês abortados choram dentro da sua cabeça, sou eu quem choro dentro da minha cabeça, não mate um inocente, eu também sou inocente. A mulher levou a mão à boca e vomitou de novo, de onde estava Rita viu sua aliança no dedo anelar. Você é casada, sim, existe um pai, mamãe, você percebe?, e o que ele diz?, perguntei a ela, não me importa o que ele diga, tem o direito de opinar, é o pai ou não é o pai?, não se meta, se ele ficar sabendo te mata, ele já me matou, não pode ir contra o que Deus manda, não entendo os mandamentos dele, Ele sabe, você não precisa entender mas sim confiar, não quero carregar o que carrego dentro de mim, não fale assim dele, eu disse a ela, coloque um nome no seu filho, e ela continuou, mamãe, repetiu que o que ela carrega não é um filho, e que para que exista um filho é preciso que exista uma mãe, e que dentro dela não tem nada, mas aí passou mal de novo e depois vomitou outra vez, estava tão enjoada que então pensei e disse, vai existir mãe, e sem avisar aproveitei o enjoo, peguei ela pelo braço e a trouxe. Não foi difícil, a mulher não tinha mais forças, Rita sim, e acabou com ela. Naquela tarde, Rita, que não era mãe nem nunca seria, obrigou outra mulher a ser, aplicando à força no corpo alheio o dogma que aprendera.

Dos dois envelopes que surgiram em meio à barafunda de coisas que caiu da bolsa de Isabel, um era do laboratório onde confirmaram a gravidez e o outro uma conta de luz em seu nome, Isabel Guerte de Mansilla, e um endereço, Soldado de la Independencia. Rita leu o endereço duas vezes. Era a primeira vez que ouvia falar de uma rua chamada assim, você já ouviu falar de alguma rua chamada Soldado de la Independencia, mamãe?, mas Elena também não conhecia. Os nomes das ruas pelas quais elas andavam eram nomes de próceres ou de países ou de batalhas, mas não se lembravam de passar por uma rua que nomeasse um ser anônimo, alguém sem nome a quem é preciso se referir pelo que faz ou pelo que já fez. Mulher que vomita. Mulher que impede um aborto. Mulher que observa a que impede o aborto da que vomita. Soldado de la Independencia. Qual soldado. Qual independência. Conseguiu um táxi, não foi fácil, vinte anos atrás não havia *remises* em cada esquina, as pessoas trabalhavam com outras coisas, quando ficavam sem trabalho procuravam outro. Trancou a porta de seu quarto à chave deixando a mulher lá dentro, vai se trocar, mamãe, disse a Elena e saiu. Elena se aproximou da porta trancada, para escutar, mas não ouviu nada, talvez, se tivesse ouvido novamente o choro teria entrado, mas não, então foi se trocar como a filha mandara, caso contrário era capaz de ela se zangar com Elena também. Rita foi até a estação, onde vinte anos atrás ficava o único ponto de táxi da cidade, e conseguiu um que a levasse até sua casa. Desceu, tirou a mulher do quarto, me ajuda, mamãe, disse carregando a mulher, e Elena a ajudou. Pela janela aberta entregou ao taxista o envelope com o endereço para onde iam, colocou Isabel no banco traseiro e em seguida fez Elena embarcar. Rita deu a volta e entrou do outro lado dizendo, vai que ela decide se jogar e se matar com o filho.

Com as três mulheres juntas no banco de trás, o carro partiu. O caminho os fez passar pelo lugar onde Isabel e Rita tinham se conhecido pouco antes, a calçada da casa de Olga, a parteira, aborteira, mamãe, aquela onde as cores dos ladrilhos desenham um tabuleiro de xadrez preto e branco. Não há filho, disse novamente a mulher que chorava entre as duas cerrando os punhos com tanta força que quando os abriu Elena pôde ver a marca das unhas cravadas na palma da mão dela.

Não há filho, repetiu várias vezes durante o caminho. Mas nem Rita nem Elena a ouviram.

2

Ergue o braço acima da cabeça baixa e toca a campainha daquela casa. Espera. Alguém a procura pelo olho mágico, mas ela não sabe disso, e quem a procura não a encontra, porque Elena está muito mais embaixo, encurvada, com os olhos em seus sapatos, esperando. Chaves giram no buraco da fechadura, a porta se abre tanto quanto permite uma corrente que serve de tranca, o que deseja, diz uma voz de mulher atrás da porta entreaberta, estou procurando Isabel Mansilla, responde Elena, sou eu, e eu sou Elena, a mãe de Rita, a mulher que vinte anos atrás, mas Elena não termina a frase porque Isabel destranca a corrente, abre a porta e a faz entrar. Sabe que Isabel está olhando para ela, que em vez de se perguntar o que faz ali está tentando adivinhar por que ela está se arrastando, por que não levanta a cabeça, por que seca a baba com um lenço embolado e úmido. Tenho Parkinson, diz poupando a pergunta da outra, não sabia, diz Isabel, quando nos conhecemos eu não tinha, ou se tinha não havia percebido, diz Elena e a caminho do sofá que Isabel lhe oferece se pergunta por que diz "tenho" Parkinson se ela não o tem, a última coisa que ela faria seria tê-lo. Ela padece de, sofre de, xinga de, mas não o tem, ter implica vontade de pegar alguma coisa, de manter, e se tem uma coisa que ela não deseja é isso. Isabel a ajuda a se sentar, quer tomar algo gelado?, ou um chá?, um chá está ótimo, mas com bombilha, ou melhor, com um canudinho. Isabel vai até a cozinha. Elena observa de rabo de olho. Os móveis são estilosos, estofados com gobelino inglês, pés curvos que terminam em uma espécie de casco de bode ou de cordeiro. Se entendesse de móveis, Elena pensa, poderia dizer que Luís aqueles eram. Se é que eram algum Luís. Mas ela não entende, nem liga para isso. Na mesa de centro estão apoiados um vaso de flores e alguns livros, de viagens, de cidades que ela nunca irá conhecer. Sobre a lareira há apenas dois porta-retratos. Elena move a cabeça de lado e procura a imagem fazendo um esforço para chegar lá em cima. Um dos porta-retratos tem uma foto de Isabel, seu marido e sua filha. Uma foto parecida com a que Rita recebeu todo mês de dezembro como cartão de fim de ano, há dezoito anos, ou dezenove, ou vinte, Elena já não se lembra. Não, vinte não, porque vinte anos atrás foi aquela tarde que vieram a esta casa trazer Isabel. Rita organizava as fotos em um fichário, da mais antiga para a mais recente, poderia ordená-las facilmente sem olhar a data no verso porque a cada nova foto a menina crescia, um ano exato, e os pais a acompanhavam, seus rostos se ajustavam de alguma forma à passagem de tempo indicada pela filha. Os três sempre sorrindo, o homem no meio abraçando as mulheres. O cartão de cada ano vinha assinado atrás pelo doutor Mansilla, obrigado por nos presentear com esse sorriso, eternamente grato, doutor Marcos Mansilla e família, e a data. Talvez alguma das fotos guardadas por Rita fosse uma cópia exata dessa que enfeita a lareira. Quando voltar para casa, esta tarde, depois de tamanha viagem, Elena vai olhar com atenção. Blusa rosa e duas marias-chiquinhas, vai olhar com atenção. A outra foto é da filha, com a mesma blusa e o mesmo penteado, e de outro homem. Um homem, que não deve ser seu marido, Elena pensa, porque a filha mal deixou de ser criança e se trata de um homem mais velho, como o doutor Mansilla, ou talvez seja, ela se corrige, porque hoje em dia, mas antes de completar o raciocínio se detém porque nesse momento Isabel entra com as xícaras de chá, um bule e ao lado dela uma bombilha e um canudinho. Trouxe as duas coisas, diz, para que possa escolher, e Elena escolhe o canudinho, mas o corta com a faca que acompanha o pudim, dobra-o ao meio e o corta, mais curto é melhor, diz, e suga.

Ambas esperam que a outra comece. Quer pudim?, pergunta Isabel, fui eu que fiz, pudim de banana, não, obrigada, quantos anos tem?, quem?, a sua filha, Julieta?, diz Isabel olhando para o porta-retratos, dezenove, fez dezenove três meses atrás, Rita morreu três meses atrás, diz Elena, e as pernas de Isabel ficam bambas, não sabia, diz, por isso estou aqui, por isso eu vim, responde Elena. Isabel olha em silêncio, mas não olha para ela, nem olha na direção de algum ponto localizado naquele espaço, mas sim em um tempo, um lugar para onde Elena não pode olhar porque não o conhece, embora tenha estado lá. Elena sente que o silêncio a obriga a acrescentar detalhes, apareceu enforcada, no campanário da igreja, a dois quarteirões da nossa casa. Isabel fica tonta, se segura na beira do sofá. Elena mal percebe, de sua posição ela não consegue notar certos movimentos sutis que acontecem acima da altura do peito, apenas deduz pelo movimento dos pés que a mulher à sua frente está prestes a se levantar, vou pegar um copo de água, ela se desculpa e sai da sala.

 Elena fica sozinha por mais de dez minutos, tenta sair daquele sofá, mas outra vez a levodopa começou sua curva descendente e a deixa despida de movimentos. Não passou tempo suficiente para que o efeito da medicação desaparecesse e apesar de saber que seu tempo não é medido como os outros ela olha para o relógio, falta mais de uma hora para o próximo comprimido, então é melhor que Isabel demore, pensa, porque seu tempo que não conhece ponteiros começou a escorrer pelos dedos feito areia, feito água, e, Elena sabe, ninguém poderá levantá-la daquele sofá até que ela tome o próximo comprimido. Pela porta que Isabel deixou entreaberta surge um gato siamês e vai até o sofá onde Elena está sentada. Ele sobe nela, sai pra lá, quem foi que te chamou aqui, diz a ele, e o empurra para o lado. O gato, sem cair, anda pelo encosto, passa por trás de seu pescoço curvado; ao roçar nela, o pelo do animal deixa os pelinhos de Elena arrepiados. Os da nuca, os dos braços. Ele desce pelo encosto e aos poucos se aventura em cima dela, procura as mãos de Elena com a cabeça, as empurra, as reivindica, se você está querendo que eu te faça carinho, vai morrer esperando, diz a ele, e o gato parece entender mas não desiste, por isso insiste, mia, procura de novo as mãos, e Elena diz a ele e a si mesma que não, que desde que se casou ela nunca mais tocou em um gato, que seu marido nunca deixou que Rita tivesse um, nem quando descobriu que ela tinha um em uma caixa debaixo da cama e que o alimentava às escondidas dando-lhe leite com um conta-gotas, não, Rita, os gatos são sujos, lambem qualquer coisa que encontram no chão e depois passam a língua em você, é um filhotinho, papai, não sabe lamber, em pouco tempo ele vai crescer e vai ser tão nojento quanto qualquer outro, eu gosto de gatos, papai. Mas o pai falou de sarna, e de impetigos, e de fungos, e de doenças que fazem as crianças nascerem cegas ou abobadas, e novamente dos cuspes que eles lambem para depois se lamberem e, então Rita disse, chega, papai, e parou de gostar deles. Com o tempo ela mesma passou a dizer, os gatos são sujos, lambem o cuspe e com a mesma língua se lambem. Elena não sabe se ela também parou de gostar de gatos junto com Rita, ou se nunca gostou deles, ou se ainda gosta deles. Só sabe que na sua casa não entravam gatos porque o marido assim determinou, e Rita herdou dele o direito de proibir, então ela não toca neles. Mas a casa em que está agora não é sua, e o gato de Isabel insiste, com seus pés, os de Elena, ele se enfia entre as pernas dela, vai e vem por onde não há espaço. Se Rita me visse, pensa, e Elena sabe o que Rita diria se a visse, sabe de cor seu sermão e gostaria de ouvi-la, mesmo que ela a repreendesse, mesmo que se zangasse e a insultasse, ainda assim escolheria ouvi-la. Prefere seus insultos à sua ausência, mas sabe que não importa o que ela prefere porque a morte tirou sua possibilidade de escolher. Sua filha está morta. O gato pula de novo em seu colo, anda por suas coxas, tenaz, de um lado para o outro, desenha círculos, olha para ela de algum lugar por trás daqueles olhos azuis, e Elena por fim sabe o que vai fazer.

Sabe que vai acabar acarinhando-o. Vai lhe dar esse prazer, para que ele pare de pedir, para que não a incomode mais, para que a deixe, passa a mão direita, a que responde melhor, pela cabeça do animal e o animal se contorce, acho que você gosta disso, diz a ele, e pensa que talvez ela também gostaria. Se pudesse. Se as palavras de seu marido e de sua filha não invadissem sua mente, o gato é sujo, se fosse surda como são seus pés, poderia, talvez, desfrutar desse carinho, do animal fazendo-lhe cosquinhas suaves, se pudesse, se permitisse a si mesma gostar, mas não permite, os gatos são sujos, lambem o próprio cuspe, diz seu marido a sua filha morta, e sua filha morta diz a ela, e ela ouve, como se estivessem ali, os mortos falam com ela, a repreendem, ficam zangados com ela, e Elena afugenta o gato para não os ouvir mais.

Mas o gato não vai embora, não basta que ela mova a mão e diga, sai, bichano, sai. O animal mal olha para ela e se deita de novo, porque ele não ouve as vozes que falam com Elena, não o assustam. O gato deitado em sua saia começa a aquecer seu colo, adormece em cima dela, e ela, agora que não se sente responsável, depois de ter tentado obedecer à filha e ao marido, a contragosto, ou não, o aceita.

Desculpe a demora, diz Isabel e se senta na frente dela. O gato está te incomodando?, pergunta. E Elena diz que não, que não a está incomodando, mas agora que ela diz isso, agora que aceita expressamente o animal, o gato acorda com a conversa e pula da saia para o chão, abandona-a, abandona seu colo morno que esfria outra vez. Isabel voltou maquiada, embora Elena não note, passou blush, e pintou os lábios, fui beber água, diz ela, mas certamente deve ter tomado também outra coisa, um calmante talvez, porque está se movendo de modo mais lento, e sorrindo, e olha para Elena como se ela não tivesse dito dez minutos antes que Rita apareceu enforcada no campanário de uma igreja. A que devo a sua visita, então?, pergunta e corta um pedaço de pudim que não tem intenção de comer. Por que veio até aqui? E Elena começa por aquela tarde em que um policial bateu em sua porta para dizer que Rita estava morta. Antes de o homem abrir a boca Elena já sabia que algo ruim tinha acontecido, se um policial bate na porta de alguém, mau sinal, diz, e a mulher assente com a cabeça. Eu estava toda arrumada esperando por ela, penteada, tingida e depilada, Rita tinha agendado hora pra mim no salão, eu não concordei com isso, mas depois de feito queria mostrar a ela, para que ficasse feliz, para que soubesse que naquela noite quando se aproximasse da cama para me ajeitar não veria em cima da minha boca esse bigode do qual ela tanto se queixava, nem as raízes brancas e desgrenhadas. Mas Rita não chegou a vê-la, não chegou a me ver, diz. Elena, sim, viu sua filha. Foi levada à delegacia para reconhecer o corpo, e quando estava a caminho do necrotério me disseram, sua filha se enforcou no campanário da igreja, senhora, não pode ser ela, eu disse. Ainda estava com a marca da corda em volta do pescoço, a pele roxa e marcada, arranhada pela juta desfiada, os olhos e a língua fora do lugar, a cara inchada. Cheirava a cocô, sabe, não teve sorte, conforme me disse o médico-legista, se tivesse tido sorte o pescoço teria quebrado e teria morrido na hora, mas os ossos estavam intactos, morreu depois de um tempo, de asfixia, os enforcados que morrem por asfixia têm convulsões e se borram, eu não sabia, claro, quem é que vai saber dessas coisas. Elena suga o canudinho e o chá sobe, repete o mecanismo outras duas vezes antes de continuar e logo repete, cheirava a cocô, esse foi o último cheiro da minha filha. Isabel olha para ela, espera, mal se mexe no lugar. Dizem que ela se matou, mas eu sei que não, diz Elena, como sabe?, pergunta Isabel, porque sou a mãe, naquele dia estava chovendo e minha filha não chegava perto da igreja nos dias de chuva, entende?, mas Isabel não tem certeza se entende o que a mulher está tentando lhe dizer, então permanece olhando para ela, e em vez de lhe dar uma resposta, faz uma pergunta qualquer para preencher o silêncio, quer colocar a xícara de chá na mesa?, não, ainda tem um pouco, responde Elena e Isabel insiste, mas deve estar frio, não quer que eu lhe sirva outro mais quente?, não. Isabel se serve de chá, aquece as mãos na xícara, agita o líquido, observa seu movimento, e em seguida toma um gole. Eu insisti para que seguissem todas as pistas possíveis, diz Elena, fiz uma lista de suspeitos para o inspetor Avellaneda, o inspetor Avellaneda é o policial designado para o caso, mas todos os que podiam ter sido estavam em outro lugar no dia que mataram a minha filha, não tenho mais ninguém para incluir na lista, eles dizem para eu me resignar, até o inspetor Avellaneda me diz isso, mas eu digo que não, que se quem a matou não está na lista é porque eu não o conheço, e se não o conheço o universo se amplia, pode ter sido qualquer um, e se pode ter sido qualquer um, a investigação vai ser mais difícil, precisarei me movimentar, entrevistar pessoas, procurar provas, possíveis razões, datas, dados, indícios. Elena seca a baba que pende da boca e fica com os olhos perdidos nos cascos da mesa que tem diante de si, sente falta de ar, faz tempo que não fala tanto, Isabel espera, concede o tempo de que ela precisa sem a apressar, sem interromper o seu silêncio ou a sua respiração. Pouco depois Elena consegue retomar a conversa, diz, e para tudo o que está por vir eu preciso de um corpo que não tenho, este só me trouxe até aqui, hoje, não sei se amanhã conseguiria, ele já não consegue fazer muito mais, tenho Parkinson, sabe?, sim, sei, já me disse, esclarece Isabel, eu não governo o meu corpo, Ela governa, essa doença filha da puta, me perdoe o palavrão. Isabel lhe perdoa o palavrão, mas não é necessário dizê-lo, então diz outra vez, por que veio até aqui?, e Elena responde, para saldar uma dívida. Para saldar uma dívida, repete Isabel e fica olhando para ela, eu sabia. A mulher sorri nervosa, leva as mãos ao rosto e balança a cabeça como se quisesse confirmar que o que está acontecendo não é um sonho. Sabia que algum dia a senhora ou a sua filha viriam, diz, e Elena por sua vez pergunta, então vai me ajudar? Isabel se surpreende com a pergunta, não estou entendendo, diz, e Elena tenta se explicar, vai saldar a dívida? A mulher se levanta e dá alguns passos que a conduzem a lugar nenhum, recua, olha para ela, de que dívida está falando, Elena? A senhora sabe, responde ela, não, não sei, diz Isabel. Elena então esclarece, talvez a senhora queira me ajudar, porque naquele dia vinte anos atrás a minha filha, sem a conhecer, a ajudou, a salvou, foi um chamado, mamãe, talvez a senhora se sinta em dívida e esteja disposta a pagar o que deve, e eu, que não gosto de cobrar, me aproveite disso que a senhora sente para encontrar o que não tenho, um corpo, o corpo que me ajude. Elena para, já disse aquilo que veio dizer e embora não tenha feito uma pergunta, espera uma resposta, mas Isabel ainda não diz nada, as duas mulheres sustentam o silêncio até que se torna desconfortável para Elena e ela continua, graças à minha filha a senhora teve a sua, formou sua família, pôde celebrar cada Ano-Novo abraçada a eles como mostram as fotos que nos mandam, sua história teve um final feliz, eu fiquei sem ninguém para abraçar, e não é que eu abraçasse muito a minha filha em vida, mas o fato de não poder fazer isso, porque ela está morta, porque seu corpo está enterrado embaixo da terra, porque do pó viemos e ao pó voltaremos como dizia meu marido, me dói. Me dói, repete, mas Ela se apodera de sua língua e suas palavras soam engasgadas, sílabas apertadas de som sem sentido que não pode ser decodificado pela outra mulher. Isabel se serve outra vez de chá, bebe, olha para ela, mas não fala, decide não falar por enquanto, apenas ouvir. O gato volta para o sofá onde Elena está encolhida e anda pelo encosto, Isabel o observa ir e vir, segue-o com o olhar sem mexer a cabeça, intui que o animal está incomodando a mulher que fala dobrada à sua frente mas não intervém, não o tira, desta vez não pergunta a Elena se o gato a está incomodando-a, apenas olha para ele, para o gato e depois para Elena, olha para aquela que bateu em sua porta vinte anos depois para saldar uma dívida da qual ela também se lembra, embora não se refiram à mesma coisa, não estão de acordo sobre quem é que deve. Deixa a xícara em cima da mesa e desta vez olha para ela, mas de outro jeito. Observa sua cabeça baixa, seu corpo inclinado, suas costas sufocadas. Observa as mãos dela sobre o colo apertando um lenço babado, e como seu corpo se inclina para a esquerda. Observa seus sapatos sujos de barro e a saia amarfanhada, e apesar do que vê, diz, Elena, eu não posso te ajudar, diz isso calmamente como se tivesse esperado a vida inteira por esse momento, como se soubesse cada uma das palavras que irá pronunciar, não posso te ajudar porque quem matou a sua filha fui eu. Elena abre os olhos mais do que se imaginava capaz, está tremendo, e não é Ela quem a faz tremer, mas Isabel, a mulher que ela saiu a procurar esta manhã e que agora diante de Elena diz, quem matou a sua filha fui eu. Elena se entrega àquele tremor desconhecido. Eu a matei de tanto desejar a morte dela, esclarece Isabel porque entende que é preciso, não houve um só dia da minha vida que eu não tenha pedido a qualquer deus, a qualquer mago, a qualquer astro, que sua filha morresse, e finalmente ela morreu. Elena respira com dificuldade, baba mais do que de costume como se essa baba fosse lágrimas, treme, mas não chora. Sinto muito, a senhora é a mãe e respeito a sua dor, mas não é a minha, eu a matei mas nunca serei presa, porque a matei com o pensamento, eu desejei a morte dela com veemência, eu a matei sem nunca mais ter falado com ela nesses vinte anos, sem ter ficado cara a cara com ela, eu a matei mesmo que tenha sido outra pessoa a colocar a corda em volta do pescoço dela, assim como ela me matou naquela tarde em que me encontrou e me enfiou na sua casa, se lembra daquela tarde, Elena? E é claro que Elena lembra, se não lembrasse não estaria ali. Está confundindo as coisas, Isabel, não entendo o que você está falando, diz, é que não estamos falando da mesma dívida, Elena, responde a outra, nem concordamos com quem é que deve a quem, do que estamos falando então?, pergunta Elena enquanto desliza o lenço pela boca e as últimas sílabas de suas palavras se empastam com a baba que ela remove. As mulheres ficam caladas por mais um momento, o gato vai de uma à outra. Isabel se levanta e acende uma luminária que produz uma luz que, Elena sabe, é desnecessária. Que absurdo que a senhora pensasse que eu me sentia em dívida com a sua filha, que absurdo que durante vinte anos a senhora acreditasse em algo tão diferente do que eu acredito, e que eu seguisse a minha vida e senhora a sua, construindo o passado, construindo aquele dia, aquela tarde, como se não tivéssemos estado juntas no mesmo lugar e no mesmo tempo. Absurdo, sim, diz Elena, Rita é afobada, era afobada, mas graças à afobação da minha filha a senhora teve a sua, há males que vêm para bem, diz, mas Isabel a interrompe, nunca entendi esse ditado, Elena, de que bem e de que males ele está falando?, e nesse caso, se entrássemos num consenso, são os males que vêm para o bem ou o bem que vem para os males?, está confundindo tudo de novo, e me deixando confusa, isso me faz pensar, diz Elena, eu não queria ser mãe, diz Isabel vinte anos depois, você achava que não queria, corrige ela, eu nunca quis, insiste a mulher, achava isso sem ter o bebê nos braços, mas quando o teve sobre o seu corpo, quando o amamentou, você, Elena não consegue terminar a frase porque Isabel a interrompe para dizer, nunca consegui amamentar, meu peito estava vazio, sinto muito, diz Elena, não sinta, eu não queria ser mãe, os outros é que quiseram, meu marido, o sócio, sua filha, a senhora, meu corpo cresceu por nove meses e Julieta nasceu, ela foi obrigada a aguentar uma mãe que não queria ser mãe, diz a mulher, Elena insiste, mas hoje que você olha para ela, hoje que ela está aí, e mora na sua casa e a chama de mamãe, ela não me chama de mamãe, me chama de Isabel, ela sempre soube, não precisei dizer a ela, eu fiz o que pude, cumpri com o meu dever, dei a ela de comer, a levei à escola, comprei roupa para ela, comemorei seus aniversários, até a amei de alguma forma estranha, ela é uma boa pessoa, é fácil amá-la, mas nunca consegui senti-la como minha filha, o pai dela sim, ele sempre foi o pai dela e a mãe dela de certa maneira também, é ele quem tira as fotos e as envia todo fim de ano, ele e o sócio, o padrinho de Julieta, com quem ele divide a clínica e outros assuntos, eles são os pais dela, eu sou outra coisa, algo que não tem nome, alguém que sente apreço por ela como se pode sentir por uma amiga, ou por uma vizinha ou uma colega de quarto ou de viagem, é isso que somos, entende?, colegas de viagem, mas eu não sei o que uma mãe sente porque não sou mãe, o que uma mãe sente?, pode me dizer, Elena? Mas Elena não pode falar, está tremendo, como nunca antes, adoraria não ouvir aquela mulher que fala com ela, levodopa, dopamina, Ela, a filha da puta, Mitre, Veinticinco de Mayo, Moreno, Banfield, Lanús, Lupo, o hipódromo, repete, mistura, combina palavras que já não sabe o que nomeiam, e ainda no meio de sua reza, perdida, ouve Isabel dizer, não fui mãe por mais que tenham me obrigado a ser, seria bom que depois de vinte anos, por fim, a senhora também entendesse isso. A mulher vai até a lareira, pega a foto onde aparece com o marido e a filha e a aproxima de Elena, é isto que somos, uma foto, um instante retratado para os outros. Elena olha para a foto que já conhece, tenta entender, procura a fala, talvez o sorriso de Isabel na imagem não signifique o que um sorriso sempre significa, ou talvez seus braços cruzados debaixo do peito queiram dizer algo que não entende, ou seu olhar distante queira dizer alguma coisa, um olhar que chega depois dos outros, um instante depois do flagrado pela máquina, de outro lugar ou de outro tempo. Elena deixa a foto no sofá, ao seu lado, tenta se levantar mas não consegue, quer ir embora daquela casa onde não encontra o que procura e voltar à sua, repetir o caminho no sentido contrário, Olleros, Libertador, hipódromo, mas não consegue, se confunde, erra, nem sequer consegue ficar de pé, treme. Isabel se aproxima e diz, quer ajuda?, seria inútil, responde Elena, preciso esperar, então espere, eu não estou com pressa, diz a mulher, e Elena explica, vamos precisar esperar juntas. Isabel fica olhando para ela e em seguida diz, parece que é o que estivemos fazendo todos esses anos. As duas ficam em silêncio de novo. Elena sabe que Isabel está olhando para ela, sabe o que está olhando, ela por sua vez inspeciona as pernas daquela mulher que a observa, sulcadas por pequenas veias azuis parecidas com teias de aranha. Isabel percebe e as põe para o lado. Tudo acabou de um jeito tão diferente, diz Elena, diferente do quê?, do que sempre acreditei, diferente daquilo que me fez percorrer o caminho até sua casa, se eu soubesse não teria vindo. Isabel abaixa a cabeça para encontrar os olhos de Elena, mas Elena se esquiva, então ela não a obriga a encará-la, se apruma e depois diz, não tenha tanta certeza, talvez viesse de qualquer maneira. Está me confundindo, diz Elena outra vez, e corre os olhos de um lado para o outro da sala procurando não sabe o quê. Isabel se acomoda na poltrona na frente dela, naquela tarde a sua filha me disse que se eu fizesse um aborto ouviria o choro de um bebê na minha cabeça pelo resto da vida, mas ela não tinha feito um aborto, ela não sabia, repetia o que alguém tinha dito, talvez um homem, talvez não, alguém que acreditava saber. Gostaria de ter falado com a sua filha antes de ela morrer e contado o que ouvi na minha cabeça todos os dias da minha vida desde aquele dia, aquele que ela me arrastou para a sua casa enquanto eu vomitava. Elena, apesar da confusão, faz um esforço para ouvir, para acompanhar o que diz a mulher que tem diante de si, se concentra, aperta o rosto para entender aquelas palavras que lhe chegam difusas, mas ouve apenas parte do que Isabel diz, se conseguisse, se pudesse ouvir tudo o que a outra tem para contar a ouviria dizer, não sei o que uma mulher que faz um aborto sente, mas sei o que sente uma mulher que não quis ser mãe e foi, sabe o quê, Elena?, a culpa pelos peitos vazios, e o pesar por aquela mão que se estica pedindo a sua e a sua, ainda que a pegue, não quer tocá-la, sente não saber ninar, nem aconchegar, nem embalar, nem acalentar, nem acariciar, e a vergonha de não querer ser mãe, porque todos aqueles que dizem saber garantem que uma mulher precisa querer ser mãe. A mulher faz uma pausa para ajeitar o cabelo que cai sobre a testa e seca o suor com a mão. Elena aperta o lenço embolado, mas não o oferece porque sabe que aquele trapo com que seca sua baba não é digno de ser compartilhado. Como sua filha, que nem me conhecia, sua filha que nunca se atreveu a ser mãe, mas dispôs do meu corpo como se fosse dela, assim como a senhora hoje, que não veio saldar uma dívida, mas sim cometer o mesmo delito, vinte anos depois. Olha para ela e repete, a senhora veio para usar o meu corpo. Eu não, diz Elena, não acabou de dizer isso minutos atrás?, não, não vim pra isso, mas foi isso que disse, não sei o que eu disse, deveria saber, está me deixando confusa, para que veio até minha casa, senhora?, faz com que eu me confunda, eu não vim para isso, veio para quê?, diga logo de uma vez, e depois vá embora. Elena não consegue ver os olhos dela, mas sabe que a mulher está chorando, sabe disso pela forma como suas pernas se movem, com se tremessem. Agora é ela quem decide conceder tempo à outra. Olha outra vez para o tapete, os pés de Isabel roçam um no outro, como se estivessem se acariciando. Deixa os pés da mulher e procura o gato, mas não o encontra, sabe que precisa dizer alguma coisa, esclarecer a ofensa, dizer que não, não vim para isso, dizer que não veio cometer nenhum delito, que ela nunca em sua vida cometeu delito algum, mas não pode, não consegue pensar com clareza, não sabe. Não sabe mais. Então é Isabel quem continua e repete pela terceira vez, chorando, a pergunta que nenhuma das duas conseguiu responder até agora, para que veio até minha casa? Elena fica repetindo as palavras de Isabel dentro de sua cabeça, protegendo-se daquele choro que não quer ouvir, e como tanta palavra soluçada a deixa tonta ela volta ao rei, à filha da puta, à levodopa e à dopamina, às ruas de trás para frente e de frente para trás, mas erra no meio, sabe que faltam nomes, que está esquecendo mais do que gostaria, insiste, repete, fica atordoada, o choro de Isabel não a deixa encontrar o caminho para sua reza, assim como suas perguntas não deixam, por que tem tanta certeza de que sua filha não se suicidou? Porque estava chovendo, cacete, irrita-se Elena, e minha filha tinha medo dos para-raios, tinha medo de que um raio caísse na cabeça dela, nunca chegaria perto de uma igreja num dia de chuva. Isabel a corrige, nunca não é uma palavra aplicável à nossa espécie, há tanta coisa que acreditamos que nunca faríamos e, no entanto, quando nos vemos na situação, acabamos fazendo. Elena sente um calor subir pelo corpo até ferver o sangue, não sabe o que fazer, o que dizer, ou sabe sim, pensa, bateria naquela mulher que está diante dela, a agarraria pelos ombros e a sacudiria, e assim agarrada gritaria olhando-a nos olhos, cala a boca!, cala a boca de uma vez!, no entanto, por mais que queira, não pode fazer isso, nem sequer pode se levantar e ir embora, está ali, naquela casa, presa na armadilha que ela mesma criou para si, condenada a ouvir o que Isabel tem a lhe dizer, como uma maldição. No entanto, o irremediável dessa sentença, o que ela tem de inevitável, é o que faz com que aos poucos o calor se dilua, seu corpo relaxe, e ela volte a ser uma mulher dobrada, com a cabeça baixa, que ouve o que outra mulher tem a dizer. Isabel seca as lágrimas com as mãos, e as mãos na saia, respira fundo para ter certeza de que não vai chorar, e em seguida diz, eu teria jurado que jamais faria um aborto, mas sempre pensei nessa possibilidade sem estar grávida, minha decisão estava na minha cabeça, não no meu corpo, eu pensava nisso sem ter nada dentro, até que passei a ter; quando tive, quando fui pegar o resultado do exame e ele dizia positivo, então deixei de pensar e soube pela primeira vez. Isabel olha para ela, espera que Elena diga algo, mas Elena ainda não consegue dizer nada, então continua, as pessoas confundem acreditar com saber, se deixam enganar, quando li o resultado e vi positivo soube que o que eu carregava dentro de mim não era um filho, e precisava resolver aquilo o quanto antes. Elena passa o lenço pelo rosto como se ela também estivesse suando, sente o trapo úmido percorrê-la. Isabel lhe diz, podiam ter lhe contado várias vezes o que é ter Parkinson, com palavras precisas, gráficos, quadros, mas a senhora só soube de verdade quando a doença se infiltrou no seu corpo. Não se pode imaginar a dor, a culpa, a vergonha, a humilhação. A gente só sabe ao enfrentar a vida, a vida é a nossa grande provação. A mulher se levanta e vai até a janela, olha para fora, se Elena pudesse ver, veria a copa de uma árvore carregada de folhas novas e verdes, mas como não vê, se pergunta o que aquela mulher está olhando pela janela. Nunca fui apaixonada pelo meu marido, sabe, nós dois nos casamos virgens, não fui capaz de me abrir para fazer amor com ele nas primeiras noites, não fomos, logo que fizemos três meses de casados conseguimos, com violência, ele abria as minhas pernas e dizia, você vai abrir, ah, mas vai abrir, fiquei com roxos por vários dias, e com dor, uma dor que durou muito tempo, não foi só naquela noite, continuou até que engravidei e depois ele nunca mais me tocou, faz vinte anos que não me toca, se importa que eu conte isso?, e Elena se importa muito menos com a dor daquelas pernas abertas que com a sua, mas não diz, faz apenas um gesto com a mão para que a mulher continue. Ele sai com o sócio dele, viajam juntos, é seu confidente, meu marido o escolheu para padrinho de Julieta, é ele que aparece ao lado dela nesta foto em cima da lareira. Isabel vai até a lareira e pega a foto, fica olhando para ela por um instante e depois a entrega a Elena, no sofá que ela ocupa. Elena pega o retrato e o observa, ele, diz Isabel. As mulheres ficam em silêncio novamente. Elena não sabe o que fazer com a foto que tem em mãos, pega a outra, a que viu antes, aquela em que o homem, o pai de Julieta, abraça as duas mulheres, junta os dois porta-retratos um sobre o outro e os entrega a Isabel, que os coloca de volta sobre a lareira sem olhar para eles, os posiciona no lugar onde estavam, no mesmo ângulo, na mesma distância. Naquela noite que meu marido me pegou à força ele estava lá, não o vi, o quarto estava escuro, mas tenho certeza de que ele estava lá, sozinho Marcos não teria tido coragem, não teria conseguido. Isabel se senta novamente em seu lugar, na frente de Elena. Ele também estava aqui naquela tarde que me trouxeram de volta, não me façam entrar, eu implorei a vocês. Ele ajudou o meu marido a me manter sob controle durante os nove meses de gravidez, eles me mantiveram quase presa, sedada, com uma acompanhante terapêutica o dia inteiro, como se eu estivesse louca, você está louca, me diziam, e outra enfermeira durante a noite, velando meu sono, eles organizaram tudo e eu deixei que fizessem isso, nunca fui uma mulher forte, a única força que consegui reunir foi a que me levou àquele lugar perto da sua casa naquela tarde que nos conhecemos, quem é esta mulher, Rita?, por que você voltou?, foi um chamado, mamãe. Uma enfermeira que trabalhava na clínica do meu marido me passou a informação, ela me viu chorando na manhã que fui vê-lo com os resultados dos exames, certamente ouviu os gritos também, ele já sabia, tinha sido avisado pelo laboratório, nesse mundo também existem informantes que trabalham para aqueles que têm algum poder, fui até lá para implorar a ele, para dizer que não queria ter um filho, ele me deu um tapa na cara, disse que tinha vergonha de mim, que não me renegava por respeito ao que eu carregava, fui para o corredor e tentei andar, mas não consegui, me sentei num sofá, foi então que essa mulher se aproximou de mim, a enfermeira, e sem dizer nada enfiou no meu bolso um papel com um endereço e um nome: Olga. Nunca fui uma mulher forte, a força que reuni eu perdi naquela tarde que nós nos conhecemos, eu e você. Elena ainda está tremendo, Isabel se aproxima dela e embora não diga nada, Elena ouve em sua mente a voz dela repetindo sem parar, por que veio até aqui?, uma voz que faz rodeios e desorganiza a sua, que já não consegue nem mais recitar as ruas que a levariam de volta para casa. Um dia, qualquer dia, o dia que sua filha me encontrou vomitando em uma calçada, ou o dia que sua filha apareceu morta no campanário de uma igreja, ou o dia de hoje, a vida nos põe à prova, não é mais a encenação em um teatro imaginário. Esse é o dia que temos a verdadeira revelação, estamos sozinhos, cara a cara com nós mesmos, nesse dia não há mentira que valha a pena. A mulher vai de novo até a janela, ajeita a cortina, desamarra e amarra novamente o laço que a mantém recolhida. Isabel olha para Elena, olha para essa mulher que não responde, para a mulher de cabeça baixa que não consegue se levantar para encará-la, se aproxima dela, espera, fica a seu lado sem dizer nada durante o tempo que acredita faltar para que ela também possa falar. Estava chovendo, diz Elena quando consegue, mas Isabel não se permite ser piedosa e responde, não vamos falar da chuva, é o que eu tenho, então não tem nada, o que quer de mim?, irrita-se Elena outra vez e Isabel esclarece, eu não quero nada, foi a senhora que veio até a minha casa, está me deixando confusa, diz Elena, está me fazendo confundir tudo. Isabel a espera mais uma vez, dá a ela mais um tempo e quando acha que ela poderá ouvi-la diz, eu precisei que a menstruação parasse de descer e que o resultado do laboratório desse positivo para saber, por que não pensa qual provação a vida colocou diante da sua filha para que ela, apesar de achar que jamais chegaria perto de uma igreja num dia como aquele, tenha feito isso, tenha decidido andar debaixo dos raios e trovões que, segundo ela, poderiam matá-la, talvez até tenha desejado justamente isso, o que temia, que algum daqueles raios a partisse ao meio, e ao não conseguir isso, ao chegar molhada mas viva àquele lugar que mentiu para ela, decidiu subir ao campanário tentar fazer um nó que nunca suspeitou que soubesse fazer, colocar a corda no pescoço e se pendurar.

3

Dois dias antes de se pendurar no campanário, Rita foi ver o doutor Benegas. Elena não ficou sabendo, ela não lhe contou. Quem lhe contou foi o inspetor Avellaneda quando sua filha já estava morta. Elena gostaria de saber o que eles conversaram naquele dia, mas não se importou em perguntar isso antes, e agora se encontra longe demais de quem poderia lhe responder. No entanto, ela sabe o que eles conversaram quinze dias antes, porque ela estava lá. Foi a última vez que viram o doutor Benegas juntas, mas não em seu consultório e sim na clínica. Ele propusera que Elena ficasse internada por dois dias para fazer exames, é melhor fazer tudo junto, Elena, se não vamos obrigá-la a ir e vir muitas vezes, e a senhora não está para ir e vir. Elena se internou, levou duas camisolas novas, embora só tenha usado uma, ela sempre guarda camisolas novas desde que soube que estava doente, para o caso de me internarem de surpresa. Mas ainda internada quis manter uma inédita, já não sabe mais por quê. Tiraram seu sangue, fizeram ressonâncias, testaram seus reflexos com batidas nos joelhos, olharam dentro de seus olhos, olharam dentro dela não sabe com que aparelho e por que raios. Mas olharam, isso ela sabe. Eles a fizeram andar, levantar os braços, abaixá--los, se sentar, ficar de pé, vamos ver, María, lhe disseram, porque embora ninguém a chame por esse nome, em seu documento está escrito María Elena e com esse nome ela foi internada, María E., mas o E eles ignoraram, lhe fizeram perguntas, quanto tempo demora para se sentir bem depois de tomar o comprimido?, quanto tempo até o primeiro efeito, María?, e o efeito completo?, quanto dura? Anotaram cada resposta e cada coisa que viram, o médico encarregado, um dos maiores especialistas em Parkinson do país, de acordo com o doutor Benegas, e toda a sua equipe, porque o especialista não vinha sozinho mas com seu séquito orgulhoso de pertencer àquele hospital-escola, um grupo de dez médicos recém-formados que aprendiam com ele, e com ela. Às vezes voltavam em duplas ou em trios, para perguntar coisas que já tinham perguntado, para medir sua pressão, ou apenas para observá-la. Às vezes se confundiam de paciente e lhe perguntavam por uma doença da qual ela nunca tinha ouvido falar na vida. Ou perguntavam por sintomas ou dores que Elena não sentia, então ficava contente, porque se não os sentia não estava tão mal assim, até que por alguma pergunta ou comentário casual, seu marido não vem hoje, Zulema?, percebia que não estavam falando dela, que tinham confundido o quarto, ou o histórico médico, o andar ou a ala. Ela era gentil com todos de qualquer maneira, se alguém podia ajudá-la eram os médicos, se fossem muitos, melhor ainda. Mas eles não a ajudaram. Depois dos dois dias de exames o doutor Benegas foi dar seu boletim, bem, vocês sabem que o Parkinson e sua evolução são observados clinicamente, não existe um indicador no sangue nem em qualquer parte do corpo que diga que alguém tem Parkinson, nem quanto tem, nem o quanto avança, então só podemos observar a clínica, entendem?, disse ele, mas as mulheres não responderam, então Benegas continuou, é nesse contexto que me vejo obrigado a dar a vocês uma informação e transmitir algumas conclusões a que chegamos, pode falar, doutor, disse Rita, não sei se a senhora, Elena, pode falar, doutor, confirmou Elena, sua mãe tem um tipo particular de Parkinson, um Parkinson que nós chamamos de Plus, entende?, plus?, perguntou Elena, superior, algo mais que o Parkinson de sempre, explicou Benegas, fizemos uma bateria de exames antes de chegar a essa conclusão, e não temos mais dúvidas, é um Plus, um plus, repetiu Rita, sim, confirmou o médico, plus quer dizer mais?, sim, mais?, sim, mais, existe mais, doutor?, insistiu Rita, parece que sim, filha, respondeu Elena, mas Rita não se satisfez com a resposta da mãe e disse, o senhor acha que o que temos agora é pouco, doutor?, eu não estou dizendo que é pouco, estou dizendo que existe mais, e eu, doutor, me pergunto se o senhor sabe do que está falando, Rita!, repreendeu Elena, o senhor disse mais?, perguntou sua filha novamente ignorando-a e depois continuou, mais que babar, que se urinar e apesar de se lavar cheirar sempre a urina velha, mais que não conseguir dar um passo à vontade, mais que arrastar os passos que consegue dar graças à sua levodopa, me diga, doutor. Ela repetiu, me diga!, e ficou olhando para ele até que Benegas pareceu disposto a obedecer a sua ordem, Rita, acho que diante da sua mãe devemos, mas não pôde terminar a frase porque ela o interrompeu, mais que olhar sempre para o chão e estar condenada a andar o resto da vida com a cabeça baixa como se tivesse vergonha de alguma coisa, mais que ser um espelho desagradável em que os outros evitam se olhar ou se olham sem se reconhecer, mais?, Rita, não é o momento, eu entendo, não, o senhor não entende, corrigiu ela, o doutor não tem culpa, filha, eu também não, mamãe, melhor irmos embora, pediu Elena, mas Rita ainda não havia terminado, mais que se sentar e só conseguir se levantar com ajuda, mais que não conseguir cortar as unhas dos pés, nem amarrar os cadarços dos tênis, mais?, há mais além de engolir com dificuldade, sentir que o ar não passa e que vai morrer sufocado?, mais que comer com as mãos, que ter que tentar cem vezes até conseguir engolir um comprimido, mais que só conseguir beber através da circunferência ridícula de um canudinho de plástico ou da cala de uma bombilha, mais que não conseguir abaixar ou subir a calcinha por conta própria, nem dar descarga depois de ir ao banheiro, vamos, filha, Elena tentou convencê-la, mas Rita já não ouvia nada além de si, há mais, doutor?, mais que não conseguir abotoar uma blusa, nem fechar a pulseira do relógio, nem puxar o zíper de uma bolsa, mais que não poder nem tirar a dentadura, mais que cair de lado, aos poucos, quase sem perceber, até ficar deitada no banco que for, no lugar que for, na frente de qualquer um, caso ninguém sustente o seu corpo, mais que assinar com dificuldade e mal entender a própria letra, mais que aceitar que a boca se aperte, resista a articular e não permita que se entendam senão com muito esforço e imaginação as palavras que pronuncia, mais?, o senhor diz que há mais, doutor?, eu convido você a, tentou dizer Benegas, mas ela o interrompeu com violência, não me convide a nada. Rita se levantou, apoiou as mãos na mesa e aproximou o rosto do médico, se o senhor for capaz, olhe para estes olhos vazios, o rosto sem expressão, este sorriso oco, está pedindo mais desta pobre mulher?, sua mãe é forte, deveria agradecer por isso, e a mim?, o que está me pedindo?, justamente isso, Rita, um pouco mais, eu lamento, mas é assim que vai ser, se pedirá mais, o que exatamente o senhor está querendo dizer?, não me peça para ser mais claro na frente da sua mãe, não estou pedindo, estou exigindo, eu também quero saber, doutor, pediu Elena, me diga o que mais vai me pedir, se a senhora prefere assim, Elena, me vejo na obrigação de dizer tudo o que sei, a doença vai progredir mais rápido que o previsto, em pouco tempo talvez a senhora não se levante mais da cama, não consiga comer sem ajuda, nem se levantar para ir ao banheiro, só conseguirá engolir papinhas ou líquidos, não será possível entender nada do que a senhora disser, não conseguirá ler, é possível até que apresente sintomas de demência senil, esquecimentos, lacunas, você, Rita, vai ter de pensar em deixar alguém cuidando da sua mãe enquanto estiver no colégio, quanto antes fizer isso será melhor para as duas, o tempo é curto. Rita se aprumou e sem parar de encará-lo disse, o senhor está falando de morte, doutor?, não, não se trata de sobrevivência, o que está em jogo não é o prazo, mas a qualidade desse tempo de vida, e qual é a solução, doutor?, nenhuma, Rita, é o que aconteceu com ela, o que aconteceu comigo, filha, o que aconteceu com a gente, mamãe, nenhum remédio, nenhuma solução, nenhuma. Rita fica olhando para ele e depois diz, sim, há uma, doutor, qual?, o senhor sabe, do que está falando?, o senhor diz Plus, e eu digo que se alguém não quer mais o senhor sabe, não estou entendendo, é possível escolher, doutor, nem sempre, Rita, enquanto se está vivo há esperança, sua mãe vai viver, sua mãe quer viver, eu quero viver, filha, não estou falando da minha mãe, se existe mais sou eu que não sei se vou conseguir, você quer me colocar num asilo, não, mamãe, num asilo, não, me deixe sozinha, não cuide de mim se não quiser, mas na minha casa, você não entende nada, mamãe, vai conseguir, claro que vai, pela sua mãe, não, eu quero na minha casa, Rita, eu consigo, filha, agora é a nossa vez de retribuir o que eles nos deram, ela precisa de você assim como você precisou da sua mãe anos atrás, vai ter de ser a mãe da sua mãe, Rita, porque a Elena que conhecemos vai ser um bebê, um bebê?, o que está dizendo, doutor, minha mãe não pode ser um bebê, um bebê é fofo, um bebê tem a pele macia e branca, e a baba clara, transparente, o corpo de um bebê aos poucos vai se firmando, um dia aprende a dar os primeiros passos, anda, nascem dentes novos, brancos, saudáveis, e com a minha mãe vai acontecer exatamente o contrário, olhe para ela, em vez de controlar o esfíncter vai se borrar toda, em vez de falar ficará muda, em vez de se erguer vai se encurvar cada vez mais, vai se dobrar, será vencida, e eu estou condenada a ver o seu corpo ir morrendo sem que ela morra. Rita, pela primeira vez em muito tempo, chorou. Não, doutor, minha mãe não vai ser um bebê, e não acho que eu possa ser essa mãe que o senhor me pede para ser, vamos ajudá-la, Rita, a mim ou a ela?, às duas, olhe, disse Benegas tirando de sua pasta um envelope cheio de folhetos.

Escolheu alguns e estendeu por cima da mesa, na direção das mulheres. Rita os deixou tremulando no ar, usou as mãos para secar as lágrimas que escorriam pelo rosto, mas não pegou os papéis que o médico oferecia, então Elena se esticou, estendeu a mão e esperou que o doutor Benegas apoiasse nela os papéis. Obrigada, disse ela, apertando os folhetos o máximo que podia, estendeu o braço à filha para que ela a ajudasse a se levantar, e foram embora.

Fizeram o caminho de volta uma atrás da outra, Rita à frente e Elena dois metros atrás. Como quando desferiam chicotadas. Como se tivessem brigado. Mas não tinham, nem sequer haviam dirigido a palavra uma à outra a caminho de casa. Rita andava mais devagar que de costume, mas não o suficiente para que a mãe a alcançasse com seus passos arrastados. Ao chegar em casa ela se trancou no quarto e Elena foi à cozinha preparar o jantar. Colocou água para fazer um macarrão, e esperou. Durante o tempo necessário para a água ferver pegou os folhetos na bolsa e chamou a filha para que os vissem juntas, mas Rita estava tomando banho e não respondeu aos seus gritos, então ela começou sozinha. Elena pulou tudo o que já sabia. Não se deteve em descrições genéricas da doença nem em seus sintomas. Apenas naqueles que não conhecia. Cara de peixe ou de máscara, por falta de expressão dos músculos do rosto. Fez um esforço para ver seu reflexo no vidro da janela que começava a embaçar com o vapor da água. Se tinha cara de peixe ela nunca havia percebido, nem ninguém lhe dissera. Podia ser, uniu os lábios como se fosse dar um selinho e os abriu e fechou várias vezes como se o peixe que seu rosto escondia estivesse respirando através de suas brânquias. Podia ser, cara de peixe. Acatisia, incapacidade de permanecer sentada sem se mexer; esse sintoma ela não tinha, conseguia ficar parada e quieta. Por enquanto. Hipocinesia, pensou que esse sintoma também não fosse seu, mas continuou lendo e descobriu que a palavra não era sua, mas o que ela nomeava sim: ausência de movimentos. Constipação, às vezes, o intestino preguiçoso do doutor Benegas, mas nada que não se pudesse resolver preparando verduras e compotas. Deixou os sintomas e passou às causas. Não quis saber se o que danifica a substância nigra é uma toxina ou os radicais livres; ignorou a porcentagem de causas genéticas, quinze por cento, ela não se lembra de ninguém da família que tenha tido Parkinson. Passou a alguns dados curiosos que lhe chamaram a atenção, como que a doença se chama assim porque "foi descrita pelo médico inglês, James Parkinson, em 1817, embora na época ele a tenha chamado de paralisia agitante". Ficou pensando no verbo utilizado. Descrever uma doença. Observá-la, encará-la para depois contar aos outros sobre ela, com as contradições que isso pode provocar, assim como é contraditório dizer que um corpo paralisado se agita. Contar sobre a doença para ela que agora a conhece melhor que ninguém porque a doença se infiltrou nela. Ela poderia descrevê-la melhor que o doutor Parkinson, pensou, então o nome seria "o mal de Elena". Ou Elena, só isso, sem agregados, como Parkinson. Chamou Rita novamente antes de passar aos conselhos para viver melhor, um folheto dedicado aos doentes e aos que cuidam deles.

Mas a água seguia correndo no único banheiro da casa, e Rita não respondeu. Começou sozinha de novo, o folheto falava de ansiedade, depressão e angústia, tanto do doente como de quem o acompanha, a quem o folheto chamava de "o cuidador". Rita. Aconselhava o cuidador a praticar exercícios de relaxamento que terminavam com técnicas de respiração ao mesmo tempo que propunha repetir a frase "que a tensão flua e saia pelos pés". Ou inspirar e expirar durante quinze minutos repetindo a palavra "calma" como se fosse um mantra. Calma. Calma. Pensou que um mantra mais adequado para ela seria, merda, merda, merda. Levantou-se para jogar o macarrão na água. Custou a rasgar a embalagem plástica e acabou furando com uma faca e puxando. Alguns macarrões caíram no chão. O resto ela jogou na panela. Voltou para a mesa e pegou o último folheto. Conselhos para viver melhor, três categorias: atividades para fazer com outras pessoas, atividades que signifiquem conquistas, atividades prazerosas, o folheto sugeria que cada paciente e cuidador fizesse sua própria lista e depois se propusesse a realizar duas atividades por dia. Ela obedeceu e fez a lista mentalmente. Leu os exemplos que apareciam impressos para usá-los de modelo. Praticar esportes com um amigo, ir às compras, ir à praia, participar de uma peça de teatro, cantar em um coral. Descartou todas as enunciadas para ela e para Rita. Não havia praia por perto, nunca na vida praticou esporte algum, odeia gastar dinheiro comprando coisas inúteis, subir num palco ou cantar. Seguiu para as atividades que signifiquem conquistas. Trocar uma lâmpada queimada, escrever um poema, fazer um boneco de neve, resolver palavras cruzadas. Anotou em sua lista mental resolver palavras cruzadas e se perguntou onde o folheto tinha sido impresso, ela nunca tinha visto neve, nunca a tinha tocado, neve tem cheiro?, perguntou-se, a chuva tem. Fazer um boneco de neve. A água parou de correr no banheiro, Elena ouviu a porta do quarto de Rita se abrir e fechar com força. Foi até o fogão vigiar a massa, o macarrão já subira à superfície então abaixou o fogo para o mínimo. Ficou ali mais alguns minutos até que sem provar, apenas pela cor e aparência, supôs que tivesse cozinhado o tempo necessário. Escorreu o macarrão na pia, algumas gotas de água fervente saltaram e caíram no peito do seu pé, queimando-o. Acrescentou à lista mental de conquistas, escorrer o macarrão sem espirrar água para todos os lados. Encheu uma travessa com pedaços de manteiga e colocou o macarrão dentro dela. Cobriu com um pano de prato para que não esfriasse. Voltou à mesa para ler a lista que faltava. Atividades que deem prazer: dar uma volta pelo campo. Nem campo, nem praia, nem neve. Ver o programa favorito de televisão, isso ela acrescentou à lista. Ler um livro de piadas, abraçar alguém que ama. Abraçar. Não lembra quando foi a última vez que abraçou ou a abraçaram. Não consegue lembrar.

 Rita apareceu no batente da porta e disse sem gritar, você deixou o fogão ligado, vai colocar fogo na casa, e avançou mas não foi apagar o fogo e sim se sentar diante de seu prato vazio. Elena, da posição em que estava, não conseguia ver seus olhos vermelhos. Aproximou-se da filha e colocou os folhetos na frente dela, veja o que o Benegas nos deu, filha, algumas coisas podem, não terminou a frase, Rita tirou os folhetos da mão dela com violência, os segurou à frente por um instante, sem ler, apenas apertando a mão com força e deixando que seus olhos vermelhos e vazios pousassem naqueles folhetos que sabia serem inúteis, já chega, mamãe, disse, chega, se levantou e foi até o fogão aceso, colocou o fogo no máximo, aproximou os papéis e os queimou. Quando a chama estava prestes a queimar sua mão ela os deixou cair, os papéis em brasa flamejaram no ar até acabarem por queimar no piso de mosaico verde, juntos aos macarrões crus que pouco antes a mãe deixara cair.

Rita, imóvel, os assistiu queimar, a chama crepitando, dançando ardente até mudar de cor, derreter, virar cinzas e, por fim, ir ao lugar aonde o fogo vai quando se apaga.

4

Elena toma o comprimido da vez e espera, sentada no sofá da casa que saiu a procurar esta manhã, com um gato que acaba de conhecer sentado a seus pés e uma mulher que só viu uma tarde vinte anos antes esperando com ela. Está com o comprimido na boca, pode senti-lo no meio do caminho, na esperança de que desça o que falta. Nesse ínterim não pode dizer nada porque ao abrir a boca para falar, o comprimido subiria o trecho que desceu e teria que começar todo o processo outra vez. Muda, observa as pernas da mulher que saiu a buscar esta manhã e mesmo sem dizer uma palavra pede a ela mais alguns minutos, os necessários para que a levodopa se dissolva e seu corpo possa funcionar para desandar o caminho que a trouxe até a casa. Isabel entende seu gesto ou seu olhar, leve o tempo que precisar, já disse que não estou com pressa. Elena fecha os olhos e tenta pensar as palavras que sempre a acompanham, mas se confunde mais uma vez, elas se misturam, se pergunta se caso estivesse sozinha conseguiria contar ruas, aquelas que precisa andar até o trem que a levará de volta, e também as outras, as que separam a estação de trem de sua casa, de frente para trás e de trás para frente, uma, duas, cem vezes, se pergunta se poderia dizer sua reza incluindo o rei deposto e o imperador sem roupa, o chasque e a filha da puta; o cleidomastóideo, a substância nigra, a filha da puta e a levodopa. Mas não conta nem reza porque não está sozinha e tudo se mistura, além disso fica nervosa quando erra a ordem, e então a medicação demora mais para fazer efeito. Respira, está quase parando de tremer. A mulher lhe serve outra xícara de chá e fabrica um canudinho com o resto que sobrou na bandeja como viu Elena fazer, corta-o com a faca, coloca-o na xícara, depois se aproxima, se ajoelha na frente dela e lhe coloca a xícara sem pires na mão. Elena a segura e embora não beba balança a cabeça como se agradecesse, e espera a mulher sair, mas Isabel não volta para seu lugar, permanece ali, sentada no chão ao lado do gato, a fim de poder olhar para Elena de frente, cara a cara, nos olhos. O comprimido finalmente percorre o caminho que falta e se dissolve, então Elena libera sua boca e sua garganta, bebe o chá e depois diz, eu a amei e ela me amou, sabe?, não tenho dúvida, diz Isabel, do nosso jeito, explica Elena, mas a outra não precisa de explicações e por isso diz, é sempre do nosso jeito. O gato mia entre as duas mulheres. Será que eu fui uma boa mãe?, quem é que pode saber. Isabel faz carinho no gato, e o gato se oferece, se contorce, se curva, facilita o carinho, o prolonga, impede que acabe. Elena olha para eles e estica a mão para fazer o mesmo, mas não alcança, seu braço pende, no ar, vazio. Recolhe o braço de novo. Estava chovendo, diz. Talvez, responde a mulher. Minha filha foi apesar de estar chovendo, sua filha foi porque estava chovendo e porque havia algo que a assustava mais do que a chuva. Eu, acusa-

-se Elena. Isabel olha para ela, e diz, o corpo dos outros, às vezes, pode ser assustador. Elena estica a mão outra vez na direção do gato, e desta vez o gato a ajuda alongando a cabeça na sua direção. As mãos das duas mulheres acariciam o mesmo animal. Acha que Rita pensava que ia herdar a minha doença?, pergunta a ela, não, acho que não conseguia suportar que a senhora a tivesse, ela nunca me disse isso, às vezes é mais fácil gritar que chorar, eu gostaria que Rita estivesse aqui hoje, que soubesse, diz Elena, mas Isabel a corrige, ela devia saber, quando sentiu que não queria mais viver, depois do espanto e da decepção, devia saber. O gato vai de uma para a outra, elas o compartilham. Eu realmente quero viver, sabe?, apesar deste corpo, apesar da minha filha morta, diz e chora, sigo escolhendo viver, será soberba?, um tempo atrás me disseram que eu era soberba, não acredite nas pessoas que nos dão nomes, Elena. Isabel pega o gato e o coloca sobre a saia da outra, Elena o recebe, faz carinho nele e o gato se contorce em seu colo. Gosta de gatos?, pergunta Isabel, não sei, responde ela e a mulher diz, ao menos sabemos que o gato gosta da senhora. Elena sorri e chora ao mesmo tempo, parece que ele gosta de mim, mesmo. O que vai fazer agora?, pergunta a mulher e Elena gostaria de responder, gostaria de falar, vou esperar e depois começar a andar, mas são tantas as palavras que vêm à mente ao mesmo tempo, que se emaranham, se misturam, se chocam uma contra a outra, e acabam perdidas ou mortas antes que Elena possa pronunciá-las, então ela não fala, não responde, não sabe, ou porque agora de fato sabe, não fala, não responde, apenas acaricia o gato. Isso é tudo por hoje, acariciar um gato. Talvez amanhã, quando abrir os olhos e tomar o primeiro comprimido do dia. Ou quando tomar o segundo. Talvez.